U0878560

兄弟记

王小忠 著

青海人民出版社

图书在版编目（CIP）数据

兄弟记 / 王小忠著 . -- 西宁 : 青海人民出版社 , 2023.10

ISBN 978-7-225-06594-6

Ⅰ . ①兄… Ⅱ . ①王… Ⅲ . ①散文集－中国－当代 Ⅳ . ① I267

中国国家版本馆 CIP 数据核字 (2023) 第 166558 号

兄弟记

王小忠　著

出 版 人　樊原成

出版发行　青海人民出版社有限责任公司

西宁市五四西路 71 号　邮政编码 : 810023　电话 :（0971）6143426（总编室）

发行热线　（0971）6143516 / 6137730

网　　址　http://www.qhrmcbs.com

印　　刷　青海雅丰彩色印刷有限责任公司

经　　销　新华书店

开　　本　890 mm × 1240 mm　1/32

印　　张　6.25

字　　数　120 千

版　　次　2023 年 10 月第 1 版　2023 年 10 月第 1 次印刷

书　　号　ISBN 978-7-225-06594-6

定　　价　30.00 元

版权所有　侵权必究

目录

contents

上篇

一

三弟来电话的时候，我还在睡觉。我知道三弟不是个清闲人，没有事情一般不给我来电话。电话里三弟嗫嚅着，不肯说出原因。挂了电话，我直接给父亲打了过去。父亲倒很利索，说三弟要借钱。

听父亲这么一说，我倒吸了 口凉气。我那沉默寡言、刚强了几十年，而且从来没有向任何人开过口的三弟，竟然开口向我借钱，一时间，我陷入了惶恐与沉思之中。之后，涌上心头的便是一种莫名的疼痛和巨大的悲凉——不是因为钱。与钱无关，而是为我那三个在这个狂躁时代里各奔东西、几乎形同陌路的骨肉兄弟，我那日渐变得丑陋、陌生的乡下老家，以及面目日渐模糊、遥远的村庄。

三弟成家比我早，他成家那年，我刚分配到乡下一所中学教书。当时手头十分拮据，帮不上忙不说，就连那份人情都无法实现。如今他已是两个孩子的父亲，一面拉扯家庭，一面侍候老人，不容易。尽管我也尽了最大的努力，但比起他所做的一切就不足为道了。

三弟的心很“野”，巴不得一夜变成“地主”。我们的出生恰好赶上土地下放，或多或少都分到了几亩土地和不多的牛羊。土地对农区而言，自然是存活的根本，因而地少地多也成了衡量一个家庭贫富的标准。正因如此，那些年漫山遍野都是开荒的人。等三弟有力量开荒的时候，河道附近的荒滩早已变成了农田，就连山梁上也所剩无几了。

我们兄弟好几个，父亲和母亲似乎还嫌不够。尽管如此，家里依然没有再添人口。而三弟并没有消停下来，初春时分，他总是扛着农具从一个山头跑到另一个山头。荒滩开垦出来的田地当年是不能下种的，因墒情不足，且杂草众多，隔年才可以勉强种些燕麦之类的饲料。那时候父亲基本赋闲在家，但他对家里的一切仍旧不放心。吃罢晚饭，父亲总要盘问三弟许多关于田地的事儿，我们几个算是成了闲汉。大哥和二弟从小就志不在种田，当然，他们内心的想法是不敢让父亲知道的。关于田地的事，父亲从来不问我，奇怪的是他对大哥和二弟也不闻不问。大哥和二弟常年在外，我想他们对家里田地的事情也是一无所知吧。他俩的责任就是清明过后动身，冬至前后回来，然后将挣来的钱全都交给父亲。

一个家毕竟容不下不同的几个外姓人。这话是父亲说的。他说这话给我们听，目的再清楚不过——那就是兄弟们必须分家。就在我等待分配工作那年，父亲给我们兄弟四人开了个很长的家长会，结果是大哥和二弟必须出去，三弟留在家中。至于我，父亲始终没有考虑，分田地和牛羊也没有我。我当时笑着问父亲，父亲想了一下，说，你是公家的人，已经不属于这个家了。

看起来父亲在分家这件事上似乎没有偏袒任何人，就连三弟开垦出来的荒地都做到了平均分配。实际上父亲还是怀有私心的，或许父亲早就看出大哥在田地上不抱希望，所以分给大哥的田地多半在偏远的山洼处。相对大哥和二弟来说，三弟的田地不但在附近，而且平整得多。然而谁也不会想到，正是那几亩山洼处的田地，后来竟给大哥带来了无限的惊喜。

三弟的婚姻父亲没有过多操心，毕竟老了，当然也是大哥能耐了许多。一年之后，大哥和二弟将部分田地归还给三弟。表面上看，他们二人好像真的吃不了苦，实际上是不愿意种，与其荒废，还不如让三弟去劳作。三弟是能吃苦，可一年下来，所有的收成根本抵不上大哥和二弟的一小半。三弟曾经动过不种田的念头，无奈拗不过父亲的固执。话说回来，一个庄稼人不种庄稼难免心里会发慌，何况父亲经常唠叨满山挖野菜的那段岁月。三弟和父亲最亲，也住得最久，大概是在行为和思想上早被父亲挂在嘴边的苦难日子浸透了，只有每个柜子满满的，他的心里才会踏实。也正是这个原因，大哥和二弟出远门的时候从不会考虑三弟。

大哥和二弟相对村里其他人而言，是跑得最远、见过世面最多的人了。也好，从现在的发展情况来看，他们确实比其他人提前迈出了一步。三弟结婚那年，大哥已经开始自己包工了。二弟跟着大哥，村里人也给他安上了“小工头”的名号。结婚之后的三弟依旧放不下那些田地，过着“日出而作，日落而息，逍遥于天地之间，而心意自得”的日子。我不富有，也不贫困，就那样安于喜好，平平淡淡。遗憾的是三弟的婚事我始终没有帮上忙，如今还是一块心病。

人生的确不能预料，我在乡下教书的日子刚刚安稳，突然之间却被调到离家很远的城里去。有那么一段时间，我内心充满了无法言说的感觉——高兴？担忧？失落？不情愿？或是其他……从乡下到城市是许多人梦寐以求的，然而摆在我面前的远远不是想象的那般美好。还好，家里的一切不需操心，有三弟在，恐怕大哥和二弟也像亲戚一样了。

大哥和二弟在村里有绝对的权威，他们已经成了有钱人，且村里人挣钱的门路几乎都是他们开辟的。清明一过，一把种子撒到田地里，全村年轻人几乎一夜间就走光了。田地交给自然，人已经无心去打理。因为生活在这片土地上的人们自古以来靠天吃饭，谁敢保证天道是否顺利？谁也无法阻止收割前后的那场冰雹。于是，在外挣钱成了大家对田地极为失望之后的另一种生活道路。那时候外出打工的农民总是被人骗，天南海北，工头是哪儿人都不知道，谈何讨债？于是，大哥的身边自然而然多出了本村的人。

去年春节期间，我早早就回家了。村里一年一个变化，而年味比起小时候却减了不少。我们兄弟坐在一起，也似乎少了当年的亲近。三弟表现得更为突出，没坐一阵就借口走人了。我的意识中已经感觉到某种细微的变化，到底是什么东西阻隔着我们？大哥说起他的工程队，也没有了往年的那种劲头，只是叹气。他们对我的境况基本不问，大概源于父亲当年留下的那句话。我从此真和这个家没有关系了吗？

那天晚上，从大哥家出来之后，我和父亲唠叨了许久。父亲的话总是令人深思，然而父亲的固执却始终没有改变，他视田地为珍宝，实际上的确如此，我们何尝真正离开过田地呢！

我们将兄弟间的微妙关系一直隐瞒着父亲，可父亲偏偏给我说起相关话题。大概考虑其他因素，他说起来总是遮遮掩掩、结结巴巴的。父亲说，没钱的时候大家都是一家人，富裕了就成死对头。其实父亲早就发觉了兄弟间的罅隙，只是没有挑明而已。实际上，这样的事实已经屡见不鲜。但我想，这样的事情是不会轮到我们兄弟之间的。相比富人，我们还很穷，何况三弟还死守着那几亩田地。

父亲说，大哥和二弟想不到一块，他们已经分开干了。还说二弟算是大哥一手带起来的，不应该那样。至于三弟，父亲没有多说。我想，父亲并不是有意袒护，而是他从三弟身上看到了作为一个农民的本分——守住田地。

人与人交往最好不要沾钱，兄弟之间尤为重要。其实这几年我一直想说，就是说不出口。兄弟之间一旦反目成仇，那种仇恨可能更久远、更可怕。从父亲的口中，我听出大哥与二弟之间的某种不和。还好，事情并没有我想象的那样糟糕。三弟虽然早已死心，但我也看得出，他这两年的心思并没有完全沉浸在田地上，应该有所变化。平心而论，那几亩田地能勉强解决温饱。解决了温饱问题，原则上来说也算能过一辈子。可我们每个人的心里都栖居着一头张着大口的野心十足的“豹子”，仅仅解决温饱是无法豢养那头“豹子”的。大家都是为豢养那只“畜牲”而想方设法，你死我活地拼命，何错之有？我们只是不希望那只“畜牲”从内心深处跑出来。

那夜，父亲的话让我难受了很久。春节过完我就离开了。离开前，我们兄弟四人玩了整夜的牌，无论牌技与输赢，大家都很开心。但有一件事，在我心里依旧是一个疙瘩。玩牌期间，他们各自掏出一包烟,互不相让,也不越轨。之后的一段日子里，我没有给家里打过电话，然而“兄弟”这个原本十分温暖的词却在我的心里渐渐起了些变化——隔阂？冷漠？甚至仇视？我想不出结果，也找不到原因，我只是坚信最初的那滴血永远是温热的，它不会随光阴的流逝而日渐冰凉。

二

三弟借钱是有他的难处的，他不打算种庄稼了，要全部种药材，要买新的农具。三弟种庄稼越来越少这我知道，但所有田地都种药材，是不是有点儿冒失？

父亲坐在屋檐下，看起来气色好多了，但他的话依然很少。三弟永远不会清闲，心永远那么“野”，他要将成片成片的田地种当归和柴胡。柴胡头年播种，第二年才能收。为了不让田地荒芜，三弟在种有柴胡的地里又种了一茬燕麦。当归的育苗更是艰辛，要逐棵栽种，还要覆盖地膜。来来去去奔波于田地之间，看上去，三弟十分苍老。

村里大多数人不种庄稼，原因只有一个——不划算。出门在外，最不济也要比种庄稼强。村里人都这么说，难怪三弟动了心思。说实话，我对他将所有田地都种药材的想法是不赞成的。实际上种药材还是靠天，如果该年缺雨水，或是遇到干旱，结果还不一样？何况种药材的成本和种庄稼的成本是不能相提并论的。种药材需要大量劳力，劳力不足的情况下，就需要雇人。按照每人每天一百元的劳务费算，十几亩田地是笔不小的开支。鉴于这种情况，新的农具适时出现了。父亲说，村里大部分人家为了节约成本都买上了新农具。

三弟遇到难处了，可他知道我的境况，又不好意思开口，大哥的境况早已不如当年，他更不愿向大哥借钱，而又不能不买那些东西。给我打电话，他的确是鼓足了勇气的，但终究还是没说钱的事儿。

大哥的工程队越来越不景气，大概是城乡建设基本到了尽头，而那些开发区还轮不到他前去承包。愁肠百结之中，大哥决定解散工程队，开始去谋新的事业。二弟抽身早，如今在村里新建了大棚养牛，境况也不是太好。实际上，村里的每个人都在筹谋各自的营生，因而多出了好几个老板，大哥带头致富的身份也正在悄无声息之中发生着微妙的变化。

我上学的费用并没有缺少三弟那一份，这次无论如何都要还个人情。帮三弟从县城买回小型播种机后，我就返回城里了。在家的那几天我是村里最大的闲汉，和我同龄的人都在忙着顾养家庭，连闲下来和我聊天的时间都没有。我想，祖国大江南北大抵都如此吧。不过的确是遇到了好年景，村庄邻近公路，邻近公路的村庄都要进行风貌改造，所以这个初春村里许多人留了下来。风貌改造工程是政府大力投入的一项面向农村的惠民工程，而据我了解到的却是挑人拣户，并不是整个村庄。有人说，没必要再修葺那些破房子，过几年国家让农民全部上楼；也有人说，过几年这里要修铁路，一亩田要补偿好几万，坐等发财算了。全部上楼吃什么？等着发财？还没有修到蜘蛛那样躺着吃食的命。老人们对没有争取到改造项目或借口逃避下苦力者这样批评。我不知怎样去说，因为从头到尾我对这件事情并没有实质性的了解。

三弟的药材在秋天未到之前几乎要了他的命，不是长势不好，而是药材的价格跌得厉害，三弟只好认命。他自我安慰说，按村里种药材的面积而言，不算最多，在种和挖及拔的投入上，也算最少的。可三弟并没有死心，他的那股犟劲不亚于父亲。第二年他继续种了大量药材。当然也有将所有田地种了大蒜和洋芋的人。这一年药材行情不错，柴胡持平，当归却是天价。一时间所有田地得到前所未有的珍惜，有人甚至花大价钱租用别人的田地，用来点播当归。我在这件事情上一面为三弟高兴，一面又有某种难以言明的担忧。随着当归价格的疯涨，当归苗子更是水涨船高。处于利益的驱动，很多人都不在乎苗子价格的高低。当归主产甘肃东南部，以岷县产量多，质量最好。我见过三弟一把一把捆扎起来晾晒在屋檐下的当归，都很小，药性肯定不能和岷县的相比。换句话说，不值那个价。如果说值，那也是鼓吹起来的。但我不能就此劝说三弟，让他少种。如果我的判断是正确的，倒也无话可说，一旦判断失误，肯定要遭到不少抱怨。再说了，田地上的事情三弟从来都不会听我的指指点点。果然不出所料，这次三弟彻底低下了头。当归的价格一跌再跌，甚至无人问津。三弟在电话里依然不肯透露关于他种药材而血本无归的事情。

父亲说，药材的价格一年不如一年，可收药材的贩子像赶集一样堆在村口。我不敢拿主意，也判断不出其间有着什么样的关联。三弟还是没有稳住，实际上村里大多数人都一样，便宜处理了药材。谁曾想到，立冬之后，干透了的当归一下又恢复到令人吃惊的天价。任何事情都一样，厄运和机会永远同行，就种药材而言，更是无法把握的事情。因为大家都在那儿盲目种植，对市场的行情和需求谁都没有去探究过。药材贩子的出没，使村里人对药材产生了仇恨。甚至有人开始怀疑起了田地，说这方土地不愿养人。尽管如此，药材贩子从来就没有彻底消失，开春卖苗子，来年收根子。大家都习以为常了，想种的人种，不想种的谁也不能把你怎么样。来来回回地折腾，种药材没有种出几户富人，倒是大片大片田地被荒废了不少。

大哥在新的事业上栽了不少跟头，二弟的大棚养牛也是一日不如一日，三弟看着堆在墙角处的播种机，似乎连说话的心思都没有了。没有守住田地，就等于没有守住自己的福分。守不住田地，也就失去了作为农民的本分。这是父亲的话。可怎样才算守住了田地呢？我也陷入了茫然之中。

兄弟之间还是那样，尽管心照不宣，但还是不愿开口明说。这个冬日，我在老家住的时日长，见到和听到的几乎一样，一家人围坐在一起的日子越来越少，相互提防或是躲避倒成了家常便饭。做子女的依然不顾老人的感受，也不按他们的心思去经营家庭，更做不到自我心安。人和人相处的根基已经东摇西摆，大家的心里唯有对富裕的渴求，已经看不到农村留给我们记忆之中的那种和睦与平静了。

好久没有回家，失去了家乡的任何消息，我有些坐立不安。这天我给三弟打电话，他说他们都在内蒙古。三弟的回答令我吃惊不小，一向无法割舍田地的他怎么也会作出如此鲁莽的决定呢？必须要按期回家了，哪怕再忙。父亲依然舍不下田地，他不忍心让田地荒芜，便和母亲挑拣了些附近的田地，种上洋芋和油菜。其实他们二老并没有完全丧失劳动能力，只是我们心里过意不去，最终那几亩田地从播种到收割都雇了人。我在心底做了本账，如果将所有工钱合计起来，已经远远超出了田地里的收成。不过话说回来，如果人人都这么想，那田地由谁种？粮食来自何处？我再次想起父亲的话——作为农民的本分，还是要守住田地的。

这一年村里几乎没有了年轻人的影子，偶尔见到的也就是几个小孩子和老人。一直到冬至过后，村里才热闹起来。三弟很显然感觉到了，出门在外拿回来的的确要比种地多。作为农民，如果说种地能让人心安稳的话，那么让人心安稳的就不仅仅是种地了。从外地打工回来的大多数年轻人，无论精神上还是生活上，都要比种地的洒脱。我不是刻意强调打工有多好，事实确实如此。守住田地，却换不回洒脱。出门在外，却又丢失了作为农民的本分。然而这样的矛盾在我的村庄是根本无法调和的，看来在崇尚金钱的年代里，农民的本分将要被追求富裕的雄心彻底抛弃了。

村庄已经荒芜好几年了，田地的荒芜更是令人心疼。从土地下放到群力求富，从挖树垦荒到如今的满山凄凉，我们到底在寻找怎样的生活方式呢？土地从来不亏欠我们，也不挑三拣四，而我们在这片土地上作出了这么多选择，是对，还是错？哪一条才是我们走下去又能见到希望的路呢？

打工潮再度兴起，可大哥已经丢弃了他最初的职业，想从头再来，却十分艰难。二弟的事业虽然有政府的大力支持，可那么多债负于身，一时也无力回天。三弟慢慢缓了过来，他的观念也有了很大的变化，可他突然羡慕起我来了，说这辈子没有读书算是白活了。言下之意，已将所有希望寄托于两个孩子身上。

我的家族在整个村庄来说不算太大，但也不小。家族的兄弟们坐在一起的日子相对更少，就算在一起，也没有小时候的那种亲切。攀比、嫉妒，甚至仇视，各种情感糅在一起，难以说清。同辈的人都已成家，有的当爷爷了。小一辈的正值少年，然而读书的却少。除了打工，大家对田地越来越陌生。但他们对更小的一辈又开始寄予厚望，想方设法从村里的学校转到县城学校读书。孩子们小，在县城无人管教，加上从小在村里生活，散漫的习性不是说改就能改掉的，因此，这样那样的问题层出不穷。这年冬天，家族兄弟们都聚齐了，大家说起打工，说起田地，每个人都有不同的看法。所有看法归根结底都在钱上，都在梦想着一夜暴富。可就算成为富翁，他们的愿望还是很小。买辆车，重新盖房子，住到城市如此，等等。更多是对外地老板的艳羡，没有一个人对田地持有感情，从头至尾唯一感兴趣的似乎只有钱。这样的意识下，希望会在哪儿呢？

三

村里的风气彻底变坏是从打工开始的。这是我感受最强烈的变化，也是自以为判断最准确的。清明一过，年轻人或带妻女，或只身一人，远走他乡。外面世界的辽阔使他们发现了自我内心的狭小和封闭，他们一出去，再回来之后，总会把自己弄成阔少爷的样子。我听到或目睹的已经不少了，但有件事情终究还是落在家族里一个堂哥身上。事情已经发生快两年了，尽管大家不论从语言还是物质上都给予了安慰，然而我想，堂哥的心里怕是永远蒙上了一层阴影。

堂哥算是聪明人，七八年前就不怎么种地了，村里人大肆种药材的时候，他并没有羡慕，因为他当时的生意特好。堂哥早年一直在牧区给人修房子，倒是有许多草原上的朋友，一来二去，也是沾了草原朋友众多的福气，于是就做起了皮毛生意。那几年乡间流行皮夹克，也流行大马靴，同时地方也建有好几个皮革加工厂，所以皮毛生意很不错。堂哥没有读过书，然而他对市场需求却有十分敏锐的洞察力。不到几年，算是有钱人了。做生意来钱快，但他选择的生意短短几年就被别人抢走了。按照他自己的说法，是不想做了。堂哥和村里其他人一样，哪怕一败涂地，也不会说出被时代或市场抛弃的话来。堂哥是生意人，有他的想法，他自然不会理会村里人说他游手好闲的那些闲话。

堂哥有两个儿子，堂嫂老实本分，也颇有姿色，无论堂哥赚多赚少，她总是保持着既不萎靡也不张扬的姿态。这样的媳妇，当然没有什么可说的了。可事情往往始料不及，也无法防备。堂哥不做皮毛生意之后，就在县城开了一家小饭馆。堂哥媳妇的侄儿有厨艺，对堂哥来说，这样的便利条件则是如鱼得水。一方面减少另请大师傅的麻烦；另一方面，有媳妇侄儿的入股，便可免去外人使坏的担心。短时间内，小饭馆的生意就火爆起来了。就在这期间，堂哥的老婆出谋划策，决意赶走侄儿，独揽生意。生意场上人心不古最为平常，堂哥不但没有去想这样做是否会给饭馆带来不利，而且不停地夸赞媳妇有本事，于是便将饭馆的经营权都交到了媳妇手里。实际上，侄儿的离开并没有给饭馆带来多大的影响，可另外一件事的发生却让堂哥想不通。因此，堂哥一下从壮年的潇洒踏进了暮年的沧桑。

堂哥媳妇跟别人走了，男的是邻县人，也是堂哥饭馆里的常客。他们一来二去是怎样勾搭上的，他一点儿都不知道。堂哥是直性子，这件事情他并没有遮遮掩掩。堂哥回忆说，自媳妇侄儿离开后，购买东西的事情一直由她负责。他有那么一点警觉，可是怎么也想不到事情会沿那个方向发展。东窗事发是后半年，等他发现之后，媳妇已经卷走了所有积蓄，不知去向。当然，最初他也不确定，后来村里人说在新疆遇见过他们，这才确定男的果真是邻县那人。

折腾了一大圈子的堂哥算是彻底鸡飞蛋打，村里人从来没有停止过对堂哥一家的议论。除了说笑，更多的则是警示。堂哥为此没有回村，觉得丢人，还是有不为人知的秘密？我们谁也不大清楚。而堂哥常年只身在外漂泊，却成了铁定的事实。只是可怜了两个孩子，他们来回寄养于几个大伯家，几乎沦为孤儿了。

后来的事情更令人难以想象。不到两年，堂哥的媳妇被人抛弃。那段时间，堂哥因为各种原因而始终没能再娶。在家族许多长辈的劝说和孩子们的乞求下，他们又和好了。只是堂哥彻底离开了村庄，田地荒芜了，老房子坍塌之后，庄窠便宜转卖给外姓人。后来，我听说他们一家在外县租了一间小屋，靠打零工度日。原本想着抽空去看看他，可又打消了这个念头。那件事情对堂哥来说毕竟是不光彩的，一旦去了，谁知道是潸然泪下还是形同陌路！人生在世，众多事情并不是我们想象当中那般美好。恰恰相反，许多美好的愿望常常会将我们逼到无法回头的地步，窘迫与尴尬往往也会给我们的回忆涂满难以抹去的阴影。

因为三弟不在家，我回家的次数渐渐多了起来，和村里老人聊天的机会也多了起来。如果你不在村里，或是不生在村里，怕是永远不会相信——荒诞离奇从来就不是书本上的夸张。乡村原有的那种宁静不知不觉中已消失殆尽，随之而来的便是无法说清的骚乱与背离。打工兴起，田地搁置，加上妻离子散的事件不断出现，人们对“门当户对”开始有所怀念。可在现实之中，门当户对似乎又是一个传说。我小时候就知道，老一辈给儿女找对象都是要仔细打问对方家庭的底细。那时候，村里相对贫困，娶媳妇是花不了太多钱的。可现在不同了，花很多钱娶媳妇，一旦出了问题，对一个农村家庭来说，无异于雪上加霜。也正是这个原因，新媳妇一娶进门，稍做休整，便可出门打工。或者，养在家中，像宝贝一样侍候。不是每个家庭都有那么多钱，实际情况都差不多，都是在亲戚朋友处拼凑。如此背负重债的情况下，大家只能另谋出路了。

这年冬天，我在家小住了几日。冬天的村庄要比其他时节好一些，起码不荒凉，大街上总有人。大家一吃完早饭就按部就班，在阳光最暖和的土窝窝里点一支烟，说东道西。因为父亲从不给我说这些，所以我对村庄突然之间感到十分陌生。就在这个土窝窝里，我听到了许多故事，某某在工地上带伤回家，获得巨额赔偿，等等。他们的言谈之间，似乎对带伤回家者有无尽之羡慕。我不知他们心里怎么想，但我知道，所有一切都是为了钱。村庄难道真的沦落到如此“贫困”的地步了？

就在这个冬天，村里刚满十八岁的三个小伙子分别从外地带了媳妇回来，其中一个就是我的远房侄儿。村庄多年没有出现过这样的事情，因而那几个小伙子一下成了众说纷纭的焦点。

父亲来电话，让我必须回家一趟。不用想，必须要回去。因为那小伙子是家族里一个堂哥的儿子，要办宴席。宴席办得风光，全村老小吃吃喝喝好几天才消停下来。只是可惜，少了媳妇的娘家人。堂哥从办宴席开始到结尾，嘴里总是挂着这句话。我们谁都没说啥，各自随礼，一是给堂哥长精神，二是表达自己的一点儿心意。没掏一分钱，白白得来一媳妇，也算是积福不浅。村里也有人这么说，其实我并不那么想，看得出堂哥心里还是有疙瘩的，只是他不愿意说罢了。果然，春天刚来不久，问题就来了。堂哥的儿子让派出所带去问话，一家人愁得不吃不喝。虽然大哥的前景大不如前，但在各个渠道还是有朋友的。三番五次，总算问明了事情的来龙去脉。原来侄儿带来的媳妇是某县某村某人家的姑娘，说是在侄儿打工的那地方一所高职学校读书，让侄儿给骗来了，人家报了案。事情算是平息了下来，姑娘的前程也算是废了，所以那家人张口就向堂哥要五十万元。五十万元对堂哥来说，是天文数字。无奈生米已煮成熟饭，家族里所有兄弟们东拼西凑，最后以二十八万元草草打发了娘家人。中秋节一过，堂哥顺顺利利当上了爷爷，过往的不快也便随之烟消云散。然而新的问题又来了，侄儿媳妇死活不愿意和堂哥他们住一起。没有办法，堂哥只好在门外的草房里搭建起属于自己的另一个家。实际上堂哥大不了我几岁，可我见到他的时候他已经老迈得不像样子了。

后来我又听到其他两个小伙子的消息，一个的媳妇只住了几个月，生下孩子便不见了踪影。对于小伙子来说，就当一次寻欢作乐，可对于孩子而言却是莫大的伤害。另一个就更严重了。听起来，最初和堂哥家的事情有点像，先赔礼道歉，后拿彩礼办宴席。按理说也算圆满了一对新人，成就了一个家庭。然而事情的走向却让村里人吃惊不小，媳妇又跟其他人走了，而娘家人却死缠烂打天天来要人。小伙子扬言要捅了拐走他媳妇的那人，可是那人在啥地方？按村里人的说法，人家是白的黑的都不知道，你去哪里捅？

现在看来，古人所说的门当户对不是没有道理的。家庭的生活方式和文化基础是在一个家族一代一代沿袭下来的，即便周围的环境有变化，但那种教养和沉淀下来的传统一时半刻难以改变。两个家庭如果有相近的生活习惯，对现实事物的看法相近，生活中才会有更多的共同语言，才会有共同的快乐，才会保持更长久的彼此欣赏，也才会让婚姻保持持久的生命力。门当户对的婚姻观念从道理上来说，的确符合社会所处的现实环境。可是现在的情况十分复杂，做父母的到底怎样去教育孩子，才能不使他们在花花绿绿的大千世界里走样呢？

村里人在思想和观念上有了全新的认识，这种认识使许多婚姻出现了危机。带出去的妻女有许多不愿再回到乡村，青年小伙子也想用各种办法欺骗他人妻女，不论是出去的还是进来的，结局只有一个——竹篮打水一场空。漫山遍野的田地荒芜着，农具几乎都进了火炉，整个村庄不见一只牛羊，可大家依旧无法放弃对财富的幻想。到底是什么让农村社会自给自足的自然经济彻底迈向崩溃的边缘呢？

我一直想得到答案，可一直没有找到准确的答案。

四

又一年冬天到了，在大哥的提议下，二弟和三弟的孩子也相继转到县城去读书。我们在县城租了一套房子，让父母去陪读。父母在县城住，我到村里去的次数自然也就更少了。三弟再也没有外出打工，老老实实待在家里。二弟在养牛上连年受挫，于是不再考虑养殖生意。感觉大哥的运气始终要比我们好，三弟在我跟前也叹息过命运的不公。还说半辈子和田地打交道，如今依然两手空空。言下之意，他是恨透了田地。说来也巧，谁曾想到当初分给大哥的那几亩山洼里的田地，却带来了足以令他翻身的资本。一条从县城通往另一个县城的二级公路恰好经过这里，因此大哥拿到了一笔不菲的补偿款。于是大哥便将目光放到村庄背后的红土山上。大哥想兴办砖厂，也想拉我入股，可被我拒绝了。兄弟们一旦和金钱搅在一起，难免会有所擦伤。何况我想，既然有份工作，就没有必要跟着冒风险了。

大哥从找人入股、选地址、办手续，到修建厂房、购置机器、招技术员等足足花了一年多时间。更巧的是大哥建好砖厂后，就碰到乡村风貌改造工程。看来大哥真有远见，不过我不知道他是否提前得到相关消息。大哥毕竟在生意场上混了那么多年，各个领域熟人还是有的。砖厂建起来后，村里年轻男女都去大哥那儿打工，他早年的威信似乎又被重新找回来了。

就在大哥修建砖厂的那年夏天，家族里一位老人过世了。大哥给我打电话让我赶紧回家。偏偏不凑巧，那段时间我正在外地学习，无法按期参加老人葬礼。学习回来之后，我就回家了。去世的老人是本家三叔的父亲，生老病死是谁都无法改变的自然法则，况且老人年事已高。我在本家三叔那儿坐了一下午，三叔显得很疲惫，不怎么说话。三叔的三个儿子都比我小，但都不省心。或许也是这个原因，三叔总觉得任何事情都不如人，所以显得深沉而感伤。

三叔吞吞吐吐，说了不多几句话，大致意思是给老人的丧事办得不够光彩，怕是在村里落下了笑柄。我知道，三叔这几年过得不容易，三个儿子中两个还在打光棍，这不得不叫人犯愁。

那晚我住在大哥家，兄弟们都来了。有人要喝酒，有人要打牌，但都让大哥制止了，说老人百日都没过，村里人会笑话的。没有任何娱乐活动，大家显得极其无聊，坐了一阵便各自回家了。大哥很少给我说他的事，但这次说了很多。说到砖厂，也说到了村庄，最令他无奈的还是他的生意。大哥说，厂子不但欠账严重，而且来打工的村里人都不省心，哪怕是一颗螺丝都要想方设法拿回自己家去。我对大哥说，这样的事情如果睁只眼闭只眼的话，恐怕厂子办不长久。大哥说，二弟操心着，可不好处理。就算当场抓住，人家脸一红，笑笑就过了。大哥一边说，一边叹着气。我知道村里人心眼都小，可小事情更能洞见人心，何况人心早已不是我们想象当中那样善良了。为自己着想没有错，刻意觊觎不属于自己的东西，不但有悖良心，而且还会伤了彼此的脸面，然而这一切似乎有无法更改的传统。很小的时候，我就听过某某某在集市上因偷了一包菜籽被人打得鼻口流血，奇怪的是得手者往往还会笑话没得手的人。没有必要去猜测他们的心思，我只是想，中国这么大，村庄多得无法数清，人人都这样吗？

大哥说自己事的同时，也说到了本家三叔。因为老人去世的时日不好（北方农村人去世后，往往要请阴阳先生按逝者生辰八字盘算出殡时间），所以在家整整停放了七天。七天时间在夏天来说是可怕的，就算不完全腐烂，怕也臭气熏天了。再说村庄现在有许多坏规矩，如果有人去世，全村人都来这家吃吃喝喝。仅仅吃喝也是不怕的，最近几年又捎带了烟和酒。大哥说，还好，老人殁在夏天，虽然日子不好，相对年根腊月人算是少了一大半。三叔的日子本来就过得紧紧巴巴，这下可好，一个老人的去世彻底让他失去了活着的勇气。大哥还说，村里殁了人，原本做一锅烩菜也可了事，可现在不成，就算不上席，顿顿羊肉也不能少。大哥说者无心，可我听得直冒汗。同时我也在心里盘算了一下，所有一切少说也得七八万吧。办丧事已经完全成了衡量一个家庭是否有实力的标准，死人也成了活人活着的尊严，因为丧事的红火程度决定了这个家庭在整个村庄的地位与声誉。最可笑的是，办丧事的标准也变成了家人是否尽了孝道的参考。不但如此，丧事期间少了传统的礼仪，赌博却成了一大亮点。如果不是我目睹，我也不会相信。我一直想，城里人越来越简单，为何农村人偏偏越来越复杂？闭口开口一个字——钱，就算真有钱了，山坡上还会重新长出树木？

几十年前村里办丧事，那的确是一项很神圣、很隆重的集体活动。按照这个说法，现在根本就是演戏。当然，这台戏每个家庭都无法逃脱，关键看你怎么演了。

高军是我同学，他初中毕业后就不念书了。原因很简单，他想挣钱。初三毕业前，他组织过一次舞会，地点就在他家羊圈里。那年月迪斯科风靡大江南北，村里会跳的几个都是常年出门在外的。老人们看重的是田地，而对这些乱七八糟的折腾却看不上眼，因此会跳迪斯科的那些人也被冠上“头等二杆子”的名号。

高军就是因为在羊圈里跳迪斯科一事彻底和他父亲闹翻的。他父亲见他在羊圈里拉电线挂彩灯，就大骂道，“第一课”都不会，还想“第四课”。尽管如此，他父亲还是没能拦住。气受了，羊圈里踏得像石板一样的羊粪还得他亲自去挖。高军也是因为有了在自家羊圈办舞会的经验，接着就搭伙其他人，在每个庙会到来之前提前搭好帐篷，风风火火办起了舞会。钱是多少挣了点，然而却失去了人气。村里人人都咒骂他，说他教坏了不少人。当然，高军也没有因为村里人的咒骂而收敛，不过舞会不办了，他开始在庙会上放录像。白天是清一色武侠片，晚上是清一色生活片。我上高二那年，再也没见过高军的影子。有人说去大城市发展了，也有人说在县城开录像厅放了黄片子让公安局抓走了。村庄里离婚的年轻人多了，倾家荡产的多了，犯罪的多了。村里人把罪恶的源头揪了出来，说都是让高军给带坏的。当然这样说高军是没有道理的，但村里人就喜欢这样，任何事情都会怪罪到某个人身上，而从来看不到其他的不利因素带给村庄的伤害。

高军的家庭实际上和村里众多家庭一样——靠田地吃饭。高军不见影子以后，他父亲的日子很艰难。不过还好，高军父亲去世前的那年春天，高军开着一辆高档轿车，带着一个金丝鬈发的姑娘回来了。那年冬天，他父亲去世了。高军对他父亲确实是“高抬深埋”，好烟好酒，手抓羊肉往饱里吃，出殡那天果真摆了十几桌宴席。

我是第一次见到在丧事上赌博的。那几天我恰好在父亲那儿，高军不但是同村的，而且还是同学，于是我就过去了。冬天村里人基本都齐，加上他办得红火，他家比年根腊月的集市还热闹。

本村殁了人，邻村人一般不会来。高军父亲去世那几天，邻村来了许多人。最后那一晚，就连邻县的人都来了，都是来赌博的。感觉好像任何地方、任何事情都离不开老板。那次我就见了几个赌博老板。不是传说中的穷凶极恶，也不是想象中的猥琐小人，看上去倒是很大方，说话做事也显得很正派。输得没钱的时候，老板可以给你借。那几天，高家有好几个人都参与其中，在输赢的喜怒哀乐中滚爬，早就忘记了停放在尸床上的亲人。

高军父亲出殡那天下午我返回县城了。没过多久，我陆陆续续听到有关高军给父亲办丧事的事情。村里人说，人家可是大孝子，看把老人抬得多光彩。甚至其他村的人也有如此说法，人家父亲命大，有个好儿子，等等。我就此想，高军不在的那几年他父亲差点都饿死了，那时候他的孝心在何处？当然我也想到了本家三叔的苦衷。人都没有了，为什么要在乎别人的种种看法？

一年之后，更可怕的消息传入我耳。事情起源于高军家，因为赌博，借高利贷者因到期而无力还款，让人家剁掉了两个手指头。

五

给儿子娶媳妇是老子的责任，也是义务，农村自古如此。然而在当下农村，娶媳妇确实越来越艰难了。娶媳妇难，送老人难，难就难在钱上。丢弃了田地，一直寻找新的生活出路的乡亲们，已经不知道哪条路才是有希望走下去的。

秦晖先生曾在《“乡村衰败”是什么造成的》一文中如此论述：“传统乡村、农业、农民陷入衰败，似乎是个难以阻遏的潮流。从整体趋势来看，相对于城市的繁荣，中国农村将会一直陷入相对衰败之中。其主因就是目前的城乡二元制度，它像一个巨大的抽水机，单向地把农村资源抽向城市。”我亲历或目睹村庄的种种变化，由此而感到，所有一切不仅仅是城市抽取农村资源那么简单。

前不久，大哥来电话说了一件令人汗颜的事儿。大哥说，程喜吊死在离砖厂不远的一棵树上。又说，他家老老小小在砖厂旁边支起帐房，整天哭闹。听完大哥的话后，我无言以对。选择砖厂附近哭丧，无非是想引起四路八乡人的关注。除此之外，还误导大家，觉得这件事情和大哥的砖厂有关。事情最后还果真让大哥端了屎盆子。程喜家人的意思是，为什么不到别的地方上吊？为什么那儿要栽一棵树？大哥被他们闹得像无头苍蝇一样，政府介入也不管用。他们每天清晨点桑烟诅咒，不但如此，还在砖厂门口指桑骂槐。最后，大哥只好赔给程喜家埋葬费。当时村庄里的声音各有不同，有的说大哥人太好，有的说，这件事是因为牵扯到村庄的风貌改造。大哥兴办砖厂是在村庄风貌改造前起步的，被人误解情有可原，可证据呢？事后很长一段时间,大哥才坦然地说,算是干了一桩善事吧。我想，这样的事情摊在谁头上谁倒霉。

都不愿意寻找根源，总喜欢将责任推脱到别人那里，这样的习惯大概由来已久。亚当和夏娃的故事告诉我们，原罪是在诱惑的条件下闯入人类世界的。那条试探夏娃的蛇，无疑是狡猾的撒旦化身，它恶意地歪曲神的话，使人类产生了贪求物质享受的欲望，催生了损人利己的极端念想，人类最后只能承受罪恶带来的痛苦。奇怪的是夏娃从来就没有去反思，反而辩称是撒旦怂恿她这么做的。她没有面对责任，而是推卸。如果我们将这个故事圈定在道德的范畴内，我们有资格留在天堂吗？不，我们必须承受道德的惩罚。上帝造人，仅仅是给了我们行为和意识的自由，而如何发展，如何成就，如何认识善与恶，则是我们后天习成的，与神无关。魔鬼虽然给我们诱惑，做与不做却由自己。难道上帝按自己的意志,真将人类引入了歧途？由此，我也想到流行于职场的一则笑话，是说一小职员与领导同乘电梯，电梯内有三人，领导突然放了个屁，这时那个小职员从尴尬的笑容中挤出一句——不是我。次日他被解聘，找领导理论,得到的答复就是屁大点儿事都不懂得承担,要你何用？这样的故事何尝不在我们身边时刻发生？哑然失笑的同时，又是何其悲凉!

为什么要别人替你承担?后来我明白,因为那些人都是没有责任感的人。也只有一个没有责任感的人,才会把责任推卸到别人身上。这是传统吗?我想,村庄里没有人会去认真地读《圣经》的,而那种惯于推卸的因子却被继承了下来。类似的事情不是在大哥身上就戛然而止,而是接二连三地出现。邻村马河一小伙将摩托车骑到马路边的沙堆上,当场毙命,亲属趁执法人员不在场,就将死者抬到政府楼前质问——马路边上的沙堆为何不及时清理?如果没有那堆沙,我家孩子不会出事。更为离谱的是另一村庄有位村民牵牛进城,办事情时将牛拴在电杆上,办完事回来发现牛死了,于是闹到电力公司……

会哭的孩子总是有奶吃。这也是我无意间听到村里老人如是说。这是怎样的一种思维方式呢?或者说,靠欺骗和推脱就能更好地过一生?他们到底是在寻求怎样的生活道路?这条不断更新和不断延伸的道路上,我看到了秩序的混乱,也看到了价值观的彻底覆灭。那么,剩下的还有什么呢!

大哥的厂子自那件事情发生后,的确受到了很大的影响。兄弟们都虎视眈眈,要找那家人讨个说法。还好,大哥并不是那种不谙世事的人。他说,钱都赔给人家了,善事已经做了,就没必要再去招惹麻烦。

一年之后,大哥的儿子顺利考上了四川大学。以前人们都说这一带土头硬,不会出人才,而大侄子的努力确实打破了几代人的传统说法。不久,新的理论又出现了,那就是县城教得好,村里老师都是混工资的。对此说法，我不敢有任何评判。总之，由三三两两的孩子被送到县城读书发展成为大规模向城市“进军”。一时间，村里学校只剩十几个学生。大家都没有考虑实际情况，只是看大潮，随大流。我一直坚信：孩子的身边没有家人看管，迟早会出问题。还有，孩子如果不是特别优秀，转到县城反而是坏事。因为城乡之间的教育的确有差距，学习跟不上，自然就厌学，继而堕落，最后苦了家人害了自己。事情的发展并不是我所想的那样，事实是几乎全村一度被闲置的老人又重新忙了起来。从五十岁到七十岁不止，全部进城去看管孩子，整个村庄无鸡犬之声，亦无炊烟之状。进城看管孩子的妇女或许是因为寂寞，也或许是生活层面上的其他原因，她们便开始三五成群，结伴去附近工地偷东西。

父亲给我说起那些事情时，显得极为不安。无论是家族里的人，还是其他村庄里的，出那样的事情毕竟很丢人。

我在心里曾经构想过那个场景：午夜时分，偶尔有车辆风驰电掣般穿过街心。几个老人背着背篓，拿着纤维袋，躲躲闪闪，沿灯光黑暗的方向移动着。他们的目的地就是县城附近的工地，他们的目的是从工地上偷回有用的东西。没有人在意，也不会有人将丢失东西同他们联系起来。他们进入工地之后，能拿动的全拿——焊条、断钢筋、木板、钉子，等等。就在他们满载而归的时候，恰好遇见半夜下班而归的工人。那些工人先是有人带头大喊抓贼，然后是一群工人大喊抓贼。他们只好丢下手头的东西，到处躲藏。事情就这样发生了，其中一位老人被地上的杂物磕了一下，摔倒之后再也没有起来……

当然，谁也不在场，父亲的叙述也仅限于村人间的传闻而已。我问过大哥，大哥也说情况大致如此，老太太是突发心脏病，其他人都进了派出所，第二天都放了出来。失去老人的那家意外得到工程队的赔偿，听说他们没有要，具体谁都不知道。一年过后，我依然听到闲言碎语，说在县城看管孩子的老人们偷盗成风，没有丝毫收敛。

腊月回家，我去了本家一兄弟那里，刚进门就看见门口堆着的木板，上面沾满了水泥。不用说，都是工地上的。本家兄弟红着脸笑着说，不能用，只能烧火。我没说什么，只是觉得可笑。我给大哥说过这件事，大哥摇了摇头，叹气说，都那样，不然没法交代。我不懂大哥的意思了。大哥又说，一句话，空手不好回家。人人都满载而归，只有你空手回家，怕是在儿媳妇那儿说不过去。原来如此。

记得父亲说过，现在村里大多年轻人都不愿赡养老人，那老人们只能用其他方式为家庭再作贡献。而且我还听说，在县城看管孩子的稍年轻的女人们想方设法勾引城里的老男人，用自己尚存无几的爱和荡然无存的欲，去换回一个家的稳定，或是自己的苟延残喘。我不敢去想，也不愿再去听这些。然而，这样的事情却经常传到我耳中。做不到彻底的拒绝，我只能在城市的一隅，听他们的论调——城里人让乡里人彻底教坏了。

田地空了，而藏在日渐富裕的表层之下的人心更是空如枯竹。空了心灵的人会越来越坏的，这怕是破坏农村社会最初礼仪和道德的根源吧。

费孝通先生《乡土中国·礼治秩序》一文如是说："乡土社会秩序的维持，有很多方面和现代社会秩序的维持是不相同的。可是所不同的并不是说乡土社会是'无法无天'，或者说'无需规律'。……返璞归真的老子觉得只要把社区的范围缩小，在鸡犬相闻而不相往来的小国寡民的社会里，社会秩序无需外力来维持，单凭每个人的本能或良知，就能相安无事了。"

是的，农村秩序的维持，有很多方面和城市的现代文明秩序是不尽相同的，但也不是无法无天，其间有许多你看不见的礼治，一旦将这种礼治破坏，农村就远远不是"无法无天"这么简单了。

六

时间在大家相互攀比和钩心斗角中过得格外快，恍惚间，又到一年腊月了。这天大哥来电话，让我抽空回去一趟，说许多事情要提前做准备。还说去年我没来，都有看法了。我一边答应着，一边心里想，过年的感觉早就消亡了，还能有什么看法？

不是我小气，或是对亲戚们有成见，平常素日都不联系，快过年了倒是挂念起来，说白了，无外乎一顿吃喝而已。我们兄弟处处让人为难，深究其因也很简单，大哥二弟联合办砖厂，三弟虽然务农，但相比而言也算不错，加之我有一份固定工作，因此整个家族里的弟兄们都怀有嫉妒之心。口头不说，一旦遇到婚丧嫁娶之事，如果我们不跑到前头，抑或是随份子的钱不比别人多的话，他们就会冷言冷语地嘲讽。所以这几年来，我厌倦了那种相互猜测、相互攻击，甚至因嫉妒而不明不白的令人赌气的聚会。

过年是一件很重要的事情，自古以来如此。虽然现在的日子都差不多过成年了，但过年在每个人内心所占据的位置依然不可替代。过年能穿新衣服，过年还能拿到长辈们的压岁钱，过年就能放鞭炮，过年就有糖果吃——这都是很遥远的事情了。而且在我依稀模糊的记忆中，过年前还要请阿克（藏语，即僧人）念平安经，要去寺院点灯进香……

那时候村庄里孩子多，每个巷子里都是笑声。大人们也似乎清闲，向阳的土窝子也充满了笑语。过年的时候更不用说，到处是提篮挎包、行色匆匆的人群。走亲戚拜年的事儿绝对不能马虎，然而短短几年时间，这一切却发生了巨变。找不到年味儿，也找不到年前的那种兴奋与渴盼，反而对过年多出了莫名其妙的害怕和厌恶。

大哥在电话里催了好几次，我知道，大哥如此催促是怕亲戚们在团拜时说些不该说的话。就算再忙，就算再不情愿，你也不能拒绝。在尘世，有些事情并不随我们的意愿，恰恰相反，最不情愿的事情反而需要我们认真对待，否则会留下无法安心做人的后遗症。尤其在乡村，在亲戚朋友之间，最容易被套上忘恩负义之类的罪名。

我如期而至，每年如此，然而还是看不到乡村热烈浓厚的腊月气氛。阳光依旧像童年时代一样，丝毫没有减弱，可熟悉的巷道中却空空无人。老家的房屋依旧那么黑，黑黑的房檐下依旧是母亲挂起的一串串干白菜，也似乎唯有它们，才能尽显时间的纯粹了。可是这些年来，我和村庄却成了一对情人，既不能终身厮守，也不能一拍两散，只是匆匆一见，便又匆匆一别。这片土地给予我深刻的回忆，也给予我成长的快乐和辛酸，我做不到彻底地忘记。纵然我一次次丢弃对过往事件的陈述，但当蓦然回首时，才发现真正不能丢弃的，或是无法割舍的依然是那段干净的日子。我在心底一次次祈祷，也渴望在走进家门的那一瞬像走进儿时的那段岁月一样。可是不能，我的内心全是对乡村的背离与反叛，是压在心头无法说出的厌倦和憎恶。

是夜，家族里兄弟们围坐在一起。父亲嫌吵，躲进了另一间房屋。定饭馆、随份子、联络亲戚，之后大家便玩牌喝酒。我知道，后半夜就会有人骂骂咧咧，指桑骂槐；也会有人哭哭啼啼，抱怨命运不公。已经习惯了这种表面的和谐与背后的阴谋，这个时候，我往往就成了一个木偶，没有思想与灵魂，也失去言语和表达。家乡原本不应是这样的，但我们已经回不去了，那种逐草而居自由自在的游牧生活已经成为遥远的传说。我也十分明白，所谓安多地区的农牧结合地带，实际上已经不存在牧业，农业的发展也是止步不前。青藏高原恶劣的自然环境，难道是造成人与人之间冲突的资源基础吗？如果真是这样的话，那千百年来生存在这片土地上的人们难道就没有和谐的日子吗？显然不是，否则老人们怎么会对过去念念不忘？是不是生活富裕了，人心就开始动荡起来了？

父亲在每年的这个时候总是无法安稳入睡。我偷偷离开外间，来到父亲屋里，和他对面而坐，陪他说话。

父亲说，又轮到你组织了，看着都麻烦。因为这种麻烦是无法推卸的。

父亲又说，大家都相互不拜年了，过年也没有了意思。

团拜不是一样吗？我小心地对父亲说。

团拜有啥意思？除了喝酒吵架，哪有过年的味道？这样下去，几年之后你们连亲戚家的门朝哪边开都不知道，感情也就薄了。

可是团拜已经流行好几年了。我说。

那是你们懒，不愿意跑路。父亲说，还真是人情凉薄了。

的确也是。想想当年，几十里路，背着背包，提着竹筐，拿着年礼去拜年。到亲戚家放下年礼，吃一口便又转身。然后亲戚们又是如法炮制，人人如此，家家一样。也不知道是谁起先想到了团拜的这个主意，流传千年的礼仪就这样彻底终结在年根腊月了。如果不拜年，相互之间的感情就会渐渐淡漠。实际上正是这种原始的相互走动维护着彼此间的情感，这种情感的存在间接维护着乡村社会的存在。恰恰相反，现在乡村流行的团拜正好破坏了那种隐形地维护着乡村社会的存在情感，加速了农村社会心理结构瓦解的速度。是形势所迫，还是社会发展的因素？抑或是人心在社会发展中的必然？有谁说得清！

团拜是古代拜礼的一种形式，指团聚行礼，相互庆贺。原指亲朋好友因喜庆之事相聚，围成圆圈，相互面向，行拜礼。《朱子语类·杂议》曰："团拜须打圈拜，若分行相对，则有拜不著处。"到了明清时期，团拜特指各地同乡同年官僚于正月间举行的聚会庆贺活动。新中国成立后，团拜逐渐兴起。无论党政机关、企事业单位还是人民团体，在新春佳节到来之际，都要欢聚一堂，或清茶一杯，或佐以糖果。可见，团拜在一定程度上成了交流思想、联络感情的一种方式。然而乡村团拜远远要比新中国成立后逐渐兴起的团拜复杂得多。

一过腊月二十三（小年），县城饭馆可谓座无虚席。老人们就不愿意去凑热闹，坐上席的几乎都是年轻小伙。团拜分主次，先和亲戚们团拜，然后才是家族里的兄弟。亲戚间的团拜也是轮流组织的，要提前一一通知，然后到固定的某地集合。

大哥在前几天就定好了地方，亲戚们大多有车，但都被大哥一一制止了。因为团拜难免要喝点酒，一旦酒后开车出事就麻烦了，何况这样的事情已经在村庄里发生过好几起，所以大哥提前包了车，费用由大哥出，大家也无异议。

饭馆在县城最繁华的地段，这一点大哥说了不算，必须由亲戚们共同商议。小地方不起眼，大地方才气派，大家都这么认为。这件事情上（想来也不仅仅是这一件事情），我从来不敢多说，我宁愿将这一切认为是人与生俱来的虚伪性，也不愿夹杂个人的看法。一旦开口，招来的便是众口一致的谩骂。拜年或许在最早就是一种仪式，但却体现着某种关系和某种认同。拜年多温暖，多关爱。而团拜似乎少了认同与关爱，多了形式与场面。实际上，我是十分理解亲戚们的。不甘落后固然是好事，然而，隐藏在各种各样的事件背后的却是令人心酸的悲怜。

参加家族和亲戚间的团拜已经好几年了，每年都有说不完的令人无法忘怀的事情发生。但不能拒绝，更不能提出异议。其实，也是在短时间内想不出既不拜年也不进行团拜的更好的办法来。就这样，年年看着兄弟们相互猜忌、相互诋毁。岁岁目睹亲戚们相互攀比、相互奚落。兄弟和亲戚，原本一家的概念不知不觉在我内心有着不同程度的变化。

七

家族亲戚多，我们听取了父亲的意见，兄弟们将共有的亲戚放在一起，而对于媳妇背后的亲戚只能分开团拜了。这样一来，无形中减少了很多麻烦，也避免了人多嘴杂的烦恼。大哥、二弟、三弟，等他们和各自媳妇的亲戚团拜完之后，日子就所剩不多了。几天来，他们显得极为疲惫，一进门，就将身子交给土炕，甚至连说话的气力都没有。二弟和三弟尤为严重，因为我的二弟和三弟都是嗜酒如命的疯子。大哥虽然不喝酒，但也不怎么精神。父亲看在眼里，只是搬一小凳，坐在阳光下不闻不问。我本来想笑，但看着他们如此的模样，却又笑不出来。

那天晚上，我们陪父亲坐着，似乎找不到可说的话题。

还是父亲打破了沉默。

父亲由衷地感叹了一句，那年头一只大公鸡就能让一家人风风光光过个好年呀。

是呀，那时候要等到五更天才去佛堂点灯，才去长辈那儿磕头拜年。父亲一开口，大哥也似乎找到了话题。

父亲又说，钱不值钱了，人也似乎不像人了。

那时候给长辈磕了头，才能得到几毛压岁钱。现在的孩子们不但不磕头，而且给五十块都不愿接。大哥接着说。

说的都是事实。看来大家对传统意义上的过年还是有感情，也特别怀念。由此我也想到，孩子的压岁钱早就失去作为压岁钱的意义了。压岁钱已经成了不同家庭之间隐形的经济较量。农村家庭的账目十分明细，压岁钱不但滋长了孩子们的贪婪，也有可能是亲戚间情感破裂的一个因素，同时还在一定程度上变相破坏着乡村社会的传统礼仪。压岁钱原本是传统文化的一部分,相传压岁钱可以压住邪祟,因为“岁”与“祟”谐音，晚辈得到压岁钱就可以平平安安度过一岁。而在当下，它却充当着不同家庭之间收支是否平衡的杠杆。当压岁钱失去传统文化的意义而严重变质的时候，乡村社会的礼仪大概早也变味了。

沉默的气氛被打破后,大家都在回味着早已不复存在的“年味”。我也想起小时候的一件事来。

无论家境如何困难，年货和年礼是必须准备的。礼仪原本就是提倡人与人之间的互惠往来，年礼更是一个家庭得以安康并和亲戚朋友保持友好关系的基本礼数。但有一件事情就发生在我家。十年前二弟去拜年，拿了烟酒茶糖，而亲戚们返回来的却只是两个早已过期的罐头。为此，二弟曾动过怒，张口就说，这样的亲戚以后别走了。我记得，父亲当时制止二弟，他说和亲戚不能斤斤计较。但我的记忆中，父亲也表现出不悦来。父亲经常说礼尚往来，还说一个馒头的亲戚，关键在于门当户对。我也曾在心底咒骂过，因为我知道，亲戚家当初的情况远远要比我家好。父亲虽然口头制止二弟，不允许他有看不起亲戚的任何举动，而实际情况是第二年我们果然断绝了来往，父亲对此也从未过问。那个时候的人很实诚，一旦出现那种现象，断绝关系也正常不过。

年礼在我内心日益重要起来，大概源于那件事情吧。

记忆中年礼十分简单，两个梨与一盒饼干，或是两个罐头与一盒蛋卷，后来渐渐变成一包冰糖和一包果干。无论怎么变化，或蒸或炸的十个馍馍绝对不能少。背一个帆布包，徒步十余里，谁也不言劳苦。再到后来，由于自行车、摩托车替代了徒步，馍馍就被减掉了。不是其他原因，而是一路颠簸，到亲戚家馍馍早就碎成渣渣了。馍馍的减少换之而来的便是年礼的贵重，或茶，或酒。这样的日子维持了几年，团拜便在邻里乡间蔚然成风。

饼干在我心里占据着十分重要的位置。现在想起来，那时候一盒一块五毛钱，还是挺贵的。饼干装在和书一样但比书厚了许多的纸盒里，记不清是什么牌子，也不知道是哪家食品厂生产的，我只记得纸盒上面画着一堆水果，写着什锦饼干。那时候，拿得出饼干的亲戚自然是家境比较好的了。年礼要亲戚自己掏出来，掏出年礼后，母亲会给他们的包里带几个馍馍。送亲戚的时候全家人都要出门，那样才显得人情厚重。就在家人送亲戚走出大门的瞬间，我飞似的返回屋内，拿着饼干使劲摇晃。饼干在纸盒里发出诱人的沙沙声响，我的口水早就流下来了。也就在那个瞬间，我冒着极大的风险，用切刀小心地割开饼干的包装纸，将饼干倒了出来，然后把案板上干透了的面条折成小块装进去，最后用嚼好的馍馍粘上割开的包装纸。这样的精工细作，家人是看不出来的。当然他们做梦也不会想到，高贵的饼干盒子里装着一把干面条。偷换出来的饼干一块一块在被窝或是草房让我消化掉了，至于究竟香到什么程度，我一点儿印象都没有，大概是忙乱之间失去了味觉，和猪八戒吃人参果没有两样。不知道被我偷换掉的那盒饼干最后流落何处，也不知道那盒饼干会不会使两家亲戚从此断绝关系。

已经到后半夜了，大哥还没有要休息的意思。平日里大哥很少说话，他在我们兄弟之间的威严程度似乎超过了父亲。这也许是大哥在很早前就担起这个家的缘故吧，兄弟们总觉得欠大哥太多，而对于父亲，则一致认为一切理所当然。

大哥断断续续说起前几天团拜的事，我听得汗颜不已。大哥说，吃完之后，还嫌不尽兴，于是又去了酒吧。这两年县城的确多出了好几家酒吧。那些小酒吧似乎专门为乡村人开设，一到年根腊月往往座无虚席。大哥继续说,去了酒吧,几个人唱，还有几个人跳。大哥说到这里便长长叹了一口气，又说，最后事情闹大了，酒吧的包间成了战场。幸好，没有惊动公安局，当然也是给了酒吧天价的赔偿。

我不明白大哥到底要说什么。我问大哥，到底发生了什么惊天动地的事呢？

大哥说,长寿（大嫂的侄子）在跳舞的时候乱摸了银花（大嫂妹妹的女儿），让人家看见了，结果就打了起来。吃饭也就花了那点钱，而那一闹腾代价却无法估算了。

我听着突然心里咯噔了一下。还好，大哥没有参与其中，要不我们兄弟就再也没脸面在街头巷尾出没了。大哥生性善良，那样的场合他往往会大包大揽，绝不会让其他人出钱的。也或许是这几年大哥在生意上一帆风顺的原因吧，换作我，或是二弟、三弟，我想事情就不会那么平安收场。难怪大哥自团拜回来之后总是闷闷不乐、疲惫不堪，遇到这样的事情谁能高兴得起来呢？换句话说，那样的事情也只有在那样的亲戚间才能发生。再退一步讲，那样的事情已经屡见不鲜了，并且逐年增长，花样百出。亲戚与亲戚间少了和谐，多了怨恨，甚至在伦理上都出现了问题。亲戚与亲戚之间演绎着怎样的关系？整个乡村与乡村到底演绎着怎样的关系呢？是什么让人与人之间、乡村与乡村之间变得如此松动而复杂起来了呢?

刘锐在《家乡拜年习俗的三次变化》一文中这样说:“拜年习俗的演变不过是农村众多变迁景象之一种，经历它远不那么沉重，回顾它却倍感农村之凋敝。当春节沦为生活享乐，当拜年沦为功利游戏，我们只有小家庭可依托的时候，个体的无力感、渺小感，价值的空虚感，生活的茫然感、放纵感就会积郁心头。”经历它远不那么沉重，回顾它却倍感农村之凋敝。说得太对了。可是我又想到，我们现在有家庭可依托吗?当所有的无力感、渺小感，价值的空虚感，生活的茫然感、放纵感积郁心头的时候，留给我们生命的还有什么呢?我依然找不到答案，也无从找起，大概只有时间会告诉我们吧。

八

大哥最初的担心还是有道理的，在刚刚联系家族兄弟的时候我就遇到了麻烦。有人开始推说时间不对头，也有人说今年要把规模搞得空前绝后……我听完之后就火冒三丈，但这毕竟不是发火的事情，所有一切还必须要你接受，并弄得像模像样才行。几天协商无果，我最后一咬牙作出了连自己都不敢相信的决定，时间地点由我来定，不愿来者拉倒。

其实那几天我心里总是担忧着会不会发生意想不到的事儿。还好，这次团拜只是家族里的众兄弟，就算他们想生事，有大哥在，我也不怕。

那天我和二弟、三弟早早就去了提前预订好的饭馆。说好中午聚餐，可已经过了中午。给大哥打电话，无人接听。饭馆里人来人往，只有我们订的那几桌空空的。三弟在门口看了好几趟，我喝了好几杯茶，仍旧不见一个人的影子。

原本我想和他们一起来，而大哥在这件事情上替我拿了主意——包车。家族里的兄弟们十之八九都有车，而且好几个是酒徒，万事小心为好，现在看来，也并非都是好事。会不会出事了？因为除了大哥不接电话，其他人的电话也都不通。饭馆里的服务员已经收拾中午的残桌，忙乎下午的热闹了。老板也似乎不高兴地说，那几桌下午都被人预订了。我正和老板协调，三弟着急忙慌跑了进来——到了。谢天谢地，我提到嗓子眼的心算是落了下来。

刚一见大哥，我就抱怨他为何不接电话。

大哥向身后指了指，没好气地说，回去再说。

不见家族里的众兄弟，跟在大哥身后的全是媳妇和孩子们。不见一个男子汉前来团拜，我的心里忽地有股怒气游蹿而出。

大家并没有按照辈分就座，管不了其他，我坐下来就吃。一阵狼吞虎咽，空空的肠胃填充得差不多了，我站起身便朝其他几个餐桌走去。

大哥似乎知道我要去干什么，他没有来得及制止我，但我听见了他气急败坏地骂我。

每年团拜如此，大家遵循 AA 制，凭什么我要请客？当然起初我的想法是今年团拜就不一一向兄弟们收钱，因为我常年在外，也有份工资，所以想着请兄弟们吃个饭。然而事情并不是我想的那样，他们有意让我难堪，我何必要委曲求全？好像早就知道我要来收钱，他们早就准备好了。他们给了钱的同时，都推脱说还要去买点东西，就不坐包车了。我也毫不客气，将所有未动的饭菜一一打包。

大哥已经叫来了车，我结了账，当我刚刚踏进车门，服务员却跑出来叫我。

老板语重心长，绕了半天，终于说出叫我的原因。除我们兄弟的那桌外，其余几桌上的小勺子和喝汤的小碗都不见了。老板倒很开明，他说都这样，稍不注意就拿走了。其实值不了几个钱，但我们购置起来还是特麻烦的。

赔了钱，我坐在车上苦笑起来。幸亏是我亲身经历，否则打死我，我也不会相信。实际上谁家都不会缺那一个小勺子或是小碗，而他们缺的恰好就是那点小小的心理满足——报复，或者是了却由嫉妒而产生的恨意。到底还是我把话说错了，要不兄弟们都会来的。假如兄弟们来了，还不知会闹出什么事端。患得患失吧，但我不知道在以后漫长的时日里，我将以怎样的心态去面对我的兄弟们，而我的那些兄弟们又将以怎样的目光来看待我。

大哥说，他们都说有事情，来不了。

怕是嫌我订的饭馆不够档次吧。我说。

大哥说，一年也就这么一次，迎合他们不就对了吗？何必给自己找麻烦？

二弟和三弟始终没开口。我知道，由于我的武断，给他俩留下了来年的烦恼。

我说，明年我不会参加了。这样的团拜有什么意义呢？

我们对父亲始终是守口如瓶，父亲原本就很反感以这种形式来加深兄弟间的感情。更多的情形刚好相反，情感不但没有加深，怨恨反而滋生蔓延。

大年初三上完坟后，我们都集聚在大哥家。大家坐在一起，除了吃喝，谈论到最多的话题就是如何挣钱，如何在村里建个最好最大的房子之类的。

堂叔的儿子最为调皮，张口闭口就是百万千万。实际上在整个家族里，他的境况最不好，但他从来不在口头上服输。一个游手好闲的人似乎永远说不出令人信服的话来。堂叔儿子的高谈阔论果然招来其他人的不满，于来来去去的争吵之中，有三个人都出手了。很少说话的大哥被激怒了。

大哥的话刚落地，就有人开始攻击——你们兄弟都好过了，财大气粗，哪知道别人的难处！

我说，都别争了，过得好不好只有自己知道，过得好不好都是自己的福报。

你没有资格说，别以为工作了就了不起。堂叔的儿子指着我的鼻梁吼道。

堂叔的那个儿子在我的印象中还算不错，可是短短几年就变成这样了。前几年他当村支部书记的时候可谓风光无限，一套西装，大红领带，乌黑贼亮的皮鞋，走在大街上都不愿正眼看我们，村里人私下里都叫他“县长”呢。可好景不长，在扶贫物资和扶贫款的发放上，他起了邪念，最后被人家告发，蹲了整整三年牢狱。钱的确是贪污了，而实际上他并没有给家里购置什么物件，也没有使自己的家庭有所改变。那些用之于民的物资被他便宜处理到了别处，将所贪之钱挥霍无度，更多的是一赌而空。被关进去的那段时间里，大街小巷都在议论他的不是。有人骂他断子绝孙，是因为他套用国家扶贫物资。也有人说几句可怜他的话，是因为人家送了东西，他也的确办了些实事。那段时间堂叔不敢出门，更不敢去众人聚会的地方。众兄弟去看望他的时候，他连话都不说，苍老得如同深秋的芦苇。

堂叔的儿子出来之后事情并没有完结，他家门口天天有人讨债。无奈之下，大哥召集了家族里所有人，共同筹资，先解决眼下的事情。堂叔一天天衰败着，似乎已经支撑不住。而他的儿子将大家筹资的钱拿到手之后又不见了人影。后来，大哥好言相劝，让他到砖厂来干，可干不到一月，人又不见了。据说，他宁愿在外面和别人家媳妇勾勾搭搭，也不愿意照顾自己的家。最可悲的是，他放不下让他最为风光的村委支部书记一职，在不同的地点，不同的场合，他还会大言不惭地说，他是某某村的书记。我有时候也在想，到底是书记害了他的前程，还是他坏了书记的名声。

奇怪的是吵的几个人吵得不可开交，而其余几个不但没有劝解,反而在旁边煽风点火。大哥终于发怒了,他骂了几句脏话,然后将所有人都赶了出去。几十年来，我第一次见大哥如此愤怒，也第一次听那些不堪入耳的话语从他嘴里说出。众兄弟不欢而散，只留下我们四个。三弟默默地将地上的碎玻璃一一捡拾起来，然后走了。二弟没说什么，坐了一会儿也走了。我和大哥面面相觑，也不知道该说什么。

村庄的变化是随着人的变化而变化的。的确，村庄一日一日变得富裕起来了，可是人怎么就一日一日变得不如以前了呢？失去了团结，失去了责任，多了浮躁，多了嫉恨，更为奇怪的是在日益变化着的社会环境里,更多的人似乎找不到方向,也找不到自我。村庄在日益富裕的面纱之下，实际上只剩空空的躯壳。道德观念和尊老爱幼，以及赡养与责任，已经在大家的意识与视野中淡出，村庄也只是概念上的一个名词而已。

自从在大哥家一闹之后，我几乎不再和他们有联系了，尽管我听到许多咒骂我的言辞。我不会去辩解，也不会去争吵，我只是觉得，生我育我的乡村和爱我恨我的亲人们都走在相互背离的道路上，有点痛心。然而所有这一切谁有能力阻止？谁又能真正叛离这个现实？

记得刚参加工作的那几年，我总是给父亲买最好的茶叶，总以为只要买好东西，心理上就觉得已经尽了孝道。可他总是将那些茶叶完好地存在柜子里，等我归来便沉着脸还给我。后来我听母亲说，父亲不是不习惯喝那些茶，而是因为那些茶太好。还说好东西最容易令人上瘾，一个东西让人上瘾后，这对过日子却不是件太好的事情。父亲的那些话都是从具体的生活经历中提炼出来的。一切平静而淡然，这让我深深体味到人生的真正意义。人的一生不要过分强求一些血性和光彩，平淡多好呀！可是生我育我的乡村和爱我恨我的亲人们哪有工夫去细细体味这些生活的深意呢？只有有钱了才能出人头地的目标追求已经牵着大家，也似乎只有在这个目标追求下，才能耀武扬威地做个顶天立地的人。尽管你有千万个不赞同的理由，但事实往往会让你哑口无言。

父亲的确老了，我明显感觉到他的言谈举止中少了往昔的批评，而多出了牵念和交代。父亲知道我们兄弟都是从艰难困苦中走过来的，我虽然不能完全洞察他的内心世界，我想他一定会知道我的心思，要不按照父亲的脾气，他绝不会放过我同家族里众兄弟有如此决绝的做法。当然，时代的变化会牵制着人的所作所为，这巨人的、无孔不入的牵制，我的父亲或许永远无法理解。

九

自从团拜一事和家族里的兄弟闹僵之后，我很长时间没回过乡下老家。我开始讨厌莫名其妙的聚会，也对我的村庄多了份不同以往的冷漠。村里有活动,或者家族里有大事,我都不去，但该随的份子钱却从来没有缺过。

有一天早晨，我接到二弟的电话，说胡林生回来了，这次一定要将那件事情搞定。二弟跟我提过好多次，就是要将胡林生的老房子连同田产都买过来。二弟的两个儿子在县城读书，学习成绩并不好。加之近几年大学生就业困难，因而二弟不想让大儿子继续读书了。读与不读都一样，只要睁开眼睛认得字就可以。这是二弟经常挂在嘴边的一句话。也正是因为有了这样的想法，二弟才心急火燎地给我来电话。可那件事情不太好办，一头是兄弟，另一头还是兄弟。提早给后人安顿家园，这是农村的惯例，也是父辈们无法绕过去的一件大事情。看着一天天长大的两个儿子，二弟心急火燎也情有可原。

这件事情我必须要在场，二弟千叮咛万嘱咐。原本我想兄弟间的事情就由他们去，我夹在中间反而不好。但现在看来，我的想法有点单纯了。二弟的心思最明白不过，其目的就是看能不能在价格上压一下。胡林生没有告诉我，二弟如果不给我来电话，我还真不知道他返回家乡的消息。

胡林生落户在遥远的河西的一个叫疏勒河的移民区，想来有十几年光阴了。我们好多年没有见过面，也没有联系过。二弟在电话里催得急，说胡林生住几天就要走。我口边答应着，心里便找各种不回去的理由。我一向反感风言风语，愈是反感偏偏听到的愈多。兄弟们世世代代在那片土地上翻滚，我早就习惯了。听人笑话看人热闹，似乎成了他们唯一的消遣方式。不过我也怕真如村里人传言的那样，那么见到胡林生之后，我该说些什么呢？因为在七年前，村里就有人遮遮掩掩说胡林生媳妇在移民区跟别人私奔了。有时候我也想，闲言碎语并非空穴来风。胡林生是村里第一批搬迁到疏勒河的人，他去那边两年后把母亲也接了过去。他母亲过去之后，村里的老房子一直闲置着。二弟说，这次胡林生回来就是要将老房子连同田地一同处理掉。这样的消息对二弟来说自然是惊喜无限，因而他一再催促我必须回来。

二弟催促了一周之后，我才回到家乡。二弟显得很不高兴，说我只顾自己，对弟兄们的事情一点儿都不上心。不要说二弟，就连老父亲都抱怨。我无心坐在家里，应付了一下家人，就去找胡林生了。

胡林生在村里几乎没有亲人了，他的几个本家兄弟我都打问过，都说不曾见到。我又去了他家老房子，老房子门锁着，好多年不住人，房前屋后十分破败，院子如荒野全是茂盛的蒿草，令人心酸的同时又有种说不出的荒凉与惊悸。老人们都说房子长久不住人阴气便会加重，就会有鬼借居。二弟偏偏看中了胡林生的这个老房子，我想原因有两个：一是胡林生老房子和我家老房子在同一个巷子，住在同一个巷子自然方便多了；二是胡林生的大多田地在河湾，地势平坦，种植药材之类的作物最好不过。

我返回家的时候，天色已经不早了。父亲和二弟坐在院子里，不说话。二弟见我来了，便从里屋搬出一个小凳子，屁股都没坐稳，他就问我关于胡林生及老房子的事情。我张口就说，都住满了鬼，你却看上了。二弟毫不在乎地说，先买过来再说，已经有好多人盘算着呢，就凭你和他的关系，我想他也不会轻易卖给别人吧？我一直没有开口。二弟似乎看出了我的为难，但他依旧没有停止他的打算，他和父亲商议着说，等买过来，拆掉老房子，然后重新盖一院气派的新房，田地里种上药材，几年之后就回本了。又说，这样的机会十分难得，批一处宅基地非得跑断双腿不可。

胡林生一直没有出现，我也很想见他，曾日出日落并肩在同一个巷子里出入，少说也有三十几年交情了。二弟对儿子失望最为强烈的表现大概就是赶紧盖一院房，接下来就是娶了媳妇让他出门挣钱，分家另起炉灶。对二弟来说，这也是他这一生必须要做的一件大事情，是义务也是责任。

那天夜里，一家人吃完饭之后，再次讨论起关于买胡林生老房子的事情。我无形中被从这个家里划分了出来，不但二弟客气，就连老父亲也用商量的口吻试探我。我知道，二弟及早为儿子盖房的心事在几年前就有了。家乡的这片土地无比辽阔，而在这片土地上生活着的人们却在日益膨胀的现代社会里心眼变得越来越小了，小得哪怕是别人多吃几顿好饭都容不下，弟兄之间更是如此。父辈们想着让弟兄之间住在一起，哪怕再建房屋，都会想方设法弄成房连房。殊不知到了子孙一辈，一切都成了罪恶的根源，血液没有进一步融合，而亲情的分离却加速了。这样的事情就在眼下，就在隔壁巷子。弟兄之间为了车路和水路大打出手，最后成了陌生人。可为什么父亲这次却支持二弟买胡林生的老房子？难道真如他们所言，批一处宅基地非得跑断双腿不可？

我没有更多的话要说，我知道情感与情感之间其实就是一道看不见的警戒线，你不能拿道德去衡量，也不能以金钱去试探。有些事情尤为敏感，无论你站在哪一边，都会留下遗臭万年的骂名。村里像胡林生家那样的老房子有好几处，我也说起了其他人家闲置的老房子，可二弟偏偏铁了心要胡林生家的。二弟劈头盖脸地说，其他人家的都不卖，李福家的卖，可是他家的那个破地方不吉利，谁要谁倒霉。怎么就不吉利了？人家好几辈人不都在那个老房子里过来了吗？我说。二弟看了我一眼说，都绝后了还吉利？我心里咯噔了一下，内心突然之间生出某种无法言明的酸楚与难过。

对李福来说，命运的确有某种不公，但我们也不能因为他命途多舛就灌上绝后的恶毒之语吧。没有和二弟继续拉扯关于买房的事情，我早早就睡了。

父亲在身旁鼾声如雷，我的心却一下子沉了下来。那时候我还在小镇上当老师，某日母亲来电话说李福走了。李福的腿在孩子时代就瘸了，我不愿去回忆几十年前的事。偏偏在今夜，在父亲如山倒的鼾声中我又想起那一幕来。

我八九岁时，村里富裕人家已经有了黑白电视机。晚饭刚吃完，大家便抬起小木凳去看电视。在电视里，我们第一次看见了火车。那时候的农村每家只有一辆拉粪的架子车，每年拉粪的时候我们都喜欢跟随着。这样的时日不长，因为拉粪的时节恰好赶上刚刚开学。或许是太想见火车了吧，一群孩子走在路上都齐声高呼着——咔嚓咔嚓，田间劳动的人都把怪异的目光投向我们。也就是在那时候，我们的心里有了计划，可谁知道它的背后却隐藏着巨大的隐患，以至于李福成了瘸子。

李福、胡林生和我在当时是属于较大的几个孩子。有一天放学路上，我和林生商量好之后对李福说，我们也开一回火车吧。没想到我俩的提议得到了李福的极力赞同，小些的几个更是欢呼雀跃。于是便各怀心事，一边想着如何从家里把架子车弄出来，一边想着拥有火车的神气和威武。吃完饭后，大家便不约而同地聚在一起。恰好父亲早上拉完粪，把车子卸在门外（平常总放在里院，他担心孩子们用尖利的东西在车胎上乱划），我们很顺利地偷走了车子。李福最大，他当司机理所当然了。我们把车子拉到火焰山口，李福双腿蹬地，双手紧紧抓住车辕，我们坐到车上，一起高呼“咔嚓咔嚓”，车子飞一样冲下火焰山口。

火焰山口的路很陡，人们在路上放了许多石头，以便牲口拉不上去时挡车轮。李福在后面，他看不清前方的路，当我们高兴得快要飞上天时，耳边突然传来一声巨响，车子撞在一块石头上，翻了过来。后来的事我不大清楚了，听父亲说，车辕坏了，李福的腿也坏了。记忆中好像有半年多的时间，父亲没有和我说过一句话。

李福在家操劳，胡林生也是因为各种原因移民去了遥远的疏勒河，而我在一个小镇上当教书匠，这已经是事后二十几年了。接到母亲电话的那天，我给胡林生也去了电话。我说，李福走了。胡林生叹了口气，说如果当年不玩开火车的话他或许不会走，工地上砖砾瓦块很多，他行动不便利……

李福走了，尽管拿到了一笔不菲的赔偿，然而对于年过七旬的李福的母亲而言，纵然有一座金山银山都无济于事了。李福没有结婚，自然没有子嗣。他的母亲在他走后不到两年时间里也离开了人世。那笔钱财的下落不得而知，李福家那院老房子的使用权由他们家族里一位堂兄掌管。有一段时间，村里有人为李福家的那院老房子出过很高的价格，然而并没有真正卖出去，以至于后来大家都说不吉利，因此那院老房一直闲置着，再也无人问津。

十

整整等了三天，胡林生还是没有露面。但他的确是回来了，二弟给我打电话的那天说他就在村里。前几年胡林生就放出要卖掉老房子和田地的话来，只是他在遥远的移民区，所以老房子一直空放着。这一次回来，听说村里有好几户人家请他去吃饭，可还没轮到二弟他就不见影子了。

这天早晨我对二弟说，等他一来我再回来。二弟只嗯了一声，没有多说半个字。很显然，二弟是因为我的拖沓而心有怨恨。实际上胡林生的老房子能否卖给二弟，我也没有把握。再说了，我倒希望他们之间不要达成买卖的协议，倒不是我吃里爬外，我只是想着，有些事情一旦牵扯到金钱，性质和意义就会发生改变。也是因为有些事情看起来简单，而我们忽略的恰好是简单当中包含着的无法预料的复杂。这种简单常常会使我们失去判断力，也会失去道德层面上的评议，贪小便宜往往使人迷失本性，而落井下石的做法偏偏就符合众多人的心理。加上这一点，我更是反对二弟买胡林生的老房子。

时间过去了快半个月，二弟没有来电话，胡林生倒是找上门来了。胡林生在我居住的小区门口等我，说实话如果他不先开口叫我，我肯定认不出他来。就算有几分相似，也不会跑过去相认，因为我压根儿不会想到他会来找我，更因为他当初斩钉截铁的誓言——要和我们几个结拜兄弟断绝关系。那是胡林生即将移民去疏勒河的前几天，我、李福、林生，我们三人在我很小的宿舍里闹腾过两个晚上。从少年时代一起放驴、割草、掏马蜂窝说起，没完没了，一直到最后三人抱头痛哭。

三人当中数我最小，李福最大。李福从小没有父亲，也没有读书，那时候李福一边和我们玩，一边担当家务。胡林生比我大三岁，我四年级的时候他已经是初中生了，因而他懂的事情比我多。我依然清晰地记得，有年夏天我们一同去割草，半途歇息之时听见河边的灌木丛中有几个女娃娃的嬉笑声。于是我们放下背篓，弓着身，偷看她们到底干什么。当我们看见眼前的一幕时，都吓得不敢出声。原来她们将河边的辣辣秆（一种空心植物,长在灌木丛中,初夏时分粗如手腕）割断放在下面，比赛谁的尿冒得高。我们三人静静看着，谁都没有出声，一直到她们比赛完，背着割好的草笑呵呵地离开河边。

多么优美的抛物线呀——这是胡林生当初的感慨。我不知道什么是抛物线，李福就更不知道了。两年后，当我上了中学，才发现胡林生的比喻是世界上最贴切的，也是最美丽的。对抛物线的理解和印象至今难以忘怀，大概源于她们通过辣辣秆比赛尿之高远的记忆吧。以至于后来，每见村里那几个女娃娃我就忍不住哈哈大笑。当然她们也笑我，说我不要脸。其实她们哪儿知道，我笑她们的天真，也笑她们的无知。

胡林生并不是差学生，可在初中未毕业就远走他乡。没有人逼迫他，按照他自己的说法就是太丢人。胡林生没有杀人也没有放火，只是偷了村庄人家的一小捆大豆。那户人家揪住不放，后来学校给了胡林生处分。那段时间，就连我的父亲也天天警告我不要和他来往。胡林生没有告诉我和李福他偷大豆的原因和目的，只是当着我和李福的面，将当初三人结拜兄弟时用烟头烫在手臂上的疤痕使劲抠，同时流着眼泪，口口声声说不配做兄弟了。

李福在家劳作，胡林生就那样失学了。三人之中，就我在小镇上教书，算是有了一个可靠的饭碗。胡林生失学之后没了踪影，一直到我高中毕业他才回来，他对我和李福说，他在很远的一家砖场搬砖，不想回村里。也不知为什么，从那时候起，我们之间的关系不知不觉就疏远起来了。

算起来，三人唯一的相聚就是胡林生决定移民疏勒河的前几天了。胡林生喝醉之后伤心欲绝，说以后再也不联系，兄弟之情算是到头了。他说那些话的时候，没有告诉我和李福到底为什么。仅仅是因为他所说的丢人吗？仅仅是因为偷了一小捆大豆就要和我们断绝结拜之情？仅仅是因为李福的残疾而自我歉疚？仅仅是因为我有份工作而让他感觉彼此不在同一个层面上？这似乎成了一个秘密，这个秘密藏在心底，谁都没有重新提起过。而当此时林生突然出现在我眼前的时候，我禁不住心里酸了一下，眼泪差点儿下来了。

那夜胡林生住在我家，我们之间话少了，而多了莫名的惆怅和叹息。其间，我几次想问关于他媳妇的事情，但还是没能开口。胡林生移民过去之后，只来过村庄一次，那时候他母亲还住在村里。我记得那次和胡林生坐了一整天，他说一家人都平安，只是河西那边风沙很大，人烟稀少，水很欠缺，丫头也长大了，一年四季除了操劳奔波之外，剩下的只有和家人相依为命了。又说，移民区田地宽广，只要肯吃苦几年之后应该能过上好日子。尽管他那样说，可我依然能看得出他内心的矛盾，毕竟背井离乡，无论心理还是现实总需要一个漫长的接受过程。几杯酒后，胡林生就落泪了，他哽咽着继续说，疏勒河没有猫头鹰，也不见马蜂，只有长生不老的风，日日夜夜刮得人心烦。胡林生和我对坐着，一杯接一杯喝着，我感受到了光阴对人生的改变，也体会到了活着的艰辛与无奈。是什么让我们对生命的存在价值产生了怀疑？“生存”,我不得不想到这个可怕的词。正是因为生存，或是更好地生存，我们才在广阔的世界里寻找适合自己的奋斗道路。

年过完之后胡林生又走了，而我也回到了学校。村里的传言我再也没有相信过，因为胡林生说了一家人都平安的话。那么至于说他媳妇和别人私奔的传言又从何而来呢？我自然不便问，甚至多年后的今天，我依然不敢开口。二弟却在电话里说了，胡林生媳妇的确跟别人走了，丫头也走了，他铁了心卖掉老房子是做了永不返乡的打算。胡林生因为偷豆子而失去了继续读书的机会，丢了媳妇和孩子，更有可能失去了重返家乡的勇气。话又说回来，天下黄土哪儿不能埋人？但我的的确确从胡林生无论表情还是言语上，都看出了他终究对老房子和这片土地做不到彻底割舍的感情。那又是什么令他有了如此决绝的举动。耻辱感？负罪感？我将一切延伸到我们看得见也看不见的心理层面去。那种别人无法理解的耻辱感将他推入绝境？这又似乎不是心理问题，也难以将它归结到生活态度上去。妻子和别人私奔，说到底，他有什么办法？可他不能完全抛弃别人的说道和议论。由耻辱感到负罪感，他的内心肯定充满了痛苦与自责。也可能是面子问题，妻子与别人私奔，作为一个正常的男人，不要面子、不顾面子、不爱面子、不留面子，好吗？

然而这一切终究无法说清。

不过那次见面后，我从和他的谈话中得知，村里的传言是没有根据的。时隔这么多年，我不知道后来的事情，也不知道他在那边的具体生活。村里人对移民过去的几户人家也似乎渐渐淡忘了，那么二弟所说的一切又是从何而来呢?

胡林生看上去没有精神，显得很疲惫，说话也前言不搭后语。我知道，胡林生是属于天不怕地不怕的那种人。九岁那年，他就偷过他爷爷的水烟锅，喊我躲到厕所里吸。他还是掏马蜂窝的高手，我们都怕，就他不怕，马蜂也好像见人行事，老爱追我们，而不敢追胡林生。有一次，在一段高崖上我发现了一窝马蜂。那段崖很高，谁也爬不上去，更何况马蜂已将那段崖围得严严实实。胡林生眼珠子骨碌一转,就想出了个办法。下午，我们几个出发了。胡林生将他家门外驴槽里塞有麦草的背篓偷来，我也准备好了他事前吩咐过的铁丝。到了那段崖前，胡林生从我手中接过铁丝，绑到背篓上，然后取出一根长绳，把绳拴到铁丝上，最后将背篓里的草点着，慢慢吊下去。那些马蜂可惨了，它们在熊熊大火下一个个从半空跌落而下。等马蜂跌完时，背篓也不见了，攥在我们手中的只剩半截冒着青烟的绳。

还有一次，我发现了一窝猫头鹰。遇到这样的事情，我们肯定少不了胡林生。那时正值初春，人是不用约的。吃罢早饭后大家便各自牵了毛驴，一路又喊又叫。到了地点，望着高崖上的老猫头鹰正在喂它的孩子，我们望着也是无可奈何。当众人无计可施的时候，胡林生却嘿嘿地笑了起来。笑个屁，快想办法。我们都骂胡林生。小的们，将驴缰绳拿来。但见胡林生一手叉腰，一手向天边挥去。我们很利索地拿来缰绳，交到他手里。胡林生将那些缰绳一一绾起来，然后把一头拴到自己腰间，一头递到我们手中，说，牢牢吊住，要用劲。我们谁也不敢接，万一掉下去会死人的。狗日的们真没出息，拿着！胡林生生气了，我们最怕他生气，他一旦真生气了，以后遇到类似的事情就会没我们的戏。就那样，我们将胡林生从高崖上慢慢吊下去。到了猫头鹰窝边，胡林生将手伸进洞穴，抓住了两只小猫头鹰，然后在下边喊，往上吊呀。

一二三——使劲。可胡林生依旧停留在老地方一动不动。胡林生越是在下面喊叫，我们越是觉得他沉重了。胡林生见我们拉不上去，便又喊，慢慢往下放。可我们手中抓的已经是缰绳的尾巴了，然而胡林生离地面还有一丈多高呢。

一二三——放手。我们终究没能吊住他，只听见“嘭”的一声，胡林生被重重摔在地上。等我们跑到崖底时，胡林生平平展展躺在地上，两只小猫头鹰还被他死死攥着。胡林生，你没事吧？我们异口同声地问。胡林生忽地爬起来，双目圆睁，对着我们几个吼了一声——我日你们的先人！说罢又“嘭”的一声倒了下去。我们谁也没有生气，接二连三嘭嘭嘭倒下去，笑成一团。

十一

往事不堪回首，此刻坐在我对面的胡林生很显然成了位历经沧桑的老人，是什么让一个生龙活虎的青年人提前迈入暮年的门槛呢？几近木讷的胡林生在我没有任何防备的情况下突然说，我成孤家寡人了。不是还有家人吗？我十分不解且小心地问他。母亲前年走了，火化后骨灰埋在黄沙梁上了，她老人家生前不会想到连一口棺材都没有。胡林生说着便不住叹气。我给他递过一支烟，他猛吸了一口，接着又说，媳妇和丫头也离开我了。原来一切都是真的。当胡林生亲口说出一切的时候，我十分震惊。什么时候的事儿？我小心地问他。好几年了。他说，也好，跟着我没有啥前途。我知道她娘儿俩在哪里，起初杀人的心都有，后来慢慢就释然了。既然她们选择了另一条路，我也无话可说。还好，丫头已经懂事了，我想有一天她会回来的。

同样是走，而走的路却不同。胡林生面对河西的风沙，经历了生命中我想象不到的艰难。我多么希望光阴能够倒回去，也希望眼前的胡林生永远像当年一样，一手叉腰，一手挥向天边，高呼小的们，将驴缰绳拿来。然而所有的一切已经在时间深处碎成了残片，只留苦涩的回忆。同时我也发现，在饱经风霜的胡林生面前，我的确是一个“小的”。

胡林生说，我这次是断后路来了，就在疏勒河的黄沙梁上陪着母亲吧，因为家乡已经没有任何牵挂了。再说，我也不属于这片土地了，当年移民之时户口都迁了出去。母亲的户口在这里，可她老人家已经走了，骨灰埋在黄沙梁上，我有何颜面再回家乡？胡林生说到这里已经泣不成声。

我一边劝慰他，一边说，听说那边条件还可以，就安稳下来吧，一切会好起来的。

他说，条件是可以的，不过话说回来，都是因为当年穷，嫌日子过得苦才过去的。政府承诺的房屋、田地、绿化都不错，可心就是安稳不下。当然，移民过去才知道，那边远比这边苦。他停了一下，接着又说，一辈人之后肯定会富裕起来的，我没儿子，媳妇都跟别人走了，想生个儿子的机会都没有了。听着胡林生的诉说，我彻底无言了。

母亲是移民后的第三个年头跟随过去的。胡林生擦了几把脸，继续给我说，后来我听说家里几亩田地在退耕还林时全种了树木，也听说政府对退耕还林的田地有所补偿，只是那几年到处乱忙，没有顾得回来，这次一回来我就四处打问，才知道一切都是真的，然而母亲已经走了，村里的负责人也是换了又换，政府那边更是无从查起，跑了几天毫无结果，也只能作罢。

老实人都沉默了，是因为他们不懂无耻之道。我突然冒出这么一句。胡林生也叹了口气说，无所谓了，人都留不住，钱有何用！是呀，李福走了，他用自己的生命换来了一笔钱财，可得到的除了他母亲整日以泪洗面的痛苦外，还有什么呢？难得胡林生如此通达。如果不通达，还能怎么样？这是生活的态度。这真是生活的态度吗？生活为什么总喜欢惩罚沉默的老实人呢？其实很多人都明白，只是不愿去思考这些，那是因为某些事情未曾落到自己头上，因而沾沾自喜，高呼自己是生活的幸运儿。尤其是在农村，这样的心态更为突出。就拿我的二弟来说，他想方设法打听到胡林生要卖老房子的消息后，并不对他抱有同情，而是想借用我和胡林生之间的关系便宜得到人家的老房子。

胡林生后来说到了他那院老房子，他说村里有许多人盯着，其间也提起了我二弟。我没有任何袒护，不但如此，我还给他说起现在批一院宅基地的困难。胡林生不是糊涂人，他应该知道我的意思。可他依然说，钱会完，情永远不完。

几天后胡林生走了，他说回村里处理妥当一切就回疏勒河。我没有执意挽留，也没有把胡林生回村的消息告诉二弟。在我家居住的那几天，我也帮他打问过关于他家那几亩地退耕还林的补偿情况。和他查问的一样，根本没有着落。

一月之后的一天中午，胡林生来了电话，他说老房子连同田地已经处理给我二弟了。我听完之后陷入某种极度不安的忐忑之中。胡林生、李福和我，我们当年是结拜过的，在具体实在的生活面前我们各自分散，说不上是怀念，还是感恩。总之，一切都在远离着当初的意愿，而一切又都在继续前行。

二弟对我是有意见的，我再次回家的时候他已经在大兴土木，为他的大儿子盖房子了。我问过他给了胡林生多少钱。他只是说，从那么多想得到这院老房子的人手里夺回来不容易，可他对钱只字不提。二弟哪里知道胡林生所想？哪里晓得我和胡林生之间没有血缘而胜过血缘的情感呢！二弟得到了胡林生的那院老房子，还以为是自己的本事。当然他在心底怨恨我，在胡林生老房子的事情上没有帮忙，这也是人之常情。我不能理解的是二弟为什么在这件事情上没有给我透露任何消息。

果然，我在家里小住的那几天就听到了村里人的传言。在不尽相同的种种说法里，有一点是肯定的，那就是二弟巧借我和胡林生的关系，低价得到那院老房子。亲兄弟一旦有了心计，那是多么可怕的一件事情呀！也是二弟的手段高明，因为我打心底里就没有想到他会那样去做。胡林生是明白人，二弟既然那样做了，他难道还会转手卖给别人吗？二弟也是瞅准我和胡林生的这层关系，在这层关系的背后，二弟还看到了超越情感的理性。因为，人与人之间的关系和金钱挂上钩，就不得不变得理性化了。

从老家回来，我给胡林生寄了二千块钱过去，同时还以二弟的名义给他写了一封信，信中简略地说明了两点：一、老房子原本可以高价卖给别人，但你留给我家，我们感激不尽；二、这是我的一点心意，希望不要拒绝。

时间过去很久了，林生那边没有任何消息。我不好打问，心想就让一切随缘吧。我们虽然正值青年，然而青年时代的那种洒脱早就不存在了，存在的只是早年那些美好的记忆，是此时此刻满腹的酸涩和无奈。

二弟盖好房子后给我来了电话。不管怎么说，这也是家里的一件喜事。新房盖好后的第三天我回家了。一家人吃完饭后，嘻嘻哈哈围坐在一起，二弟更是喜笑颜开，先前对我不冷不热的那种态度早消弭于无形，换之而来的是极不自在的殷勤和夸赞。我突然有了某种预感——这当中一定有故事。等大家入睡后，我拐弯抹角从父亲口中得到了可靠的消息，胡林生果然将钱退回来了。

第二天我早早起来，给父亲说了一声就回了。

从巷子里走出来的时候，我的眼中溢出了泪水。我想，这片土地大概也是要遗弃我了。到底是它遗弃我，还是我要决定遗弃它呢？一切都不重要，重要的是兄弟之情于天地间能否天涯比邻。重要的是只要我们好好活着，再也不要去陌生的地方独自漂泊。

十二

二弟的小儿子终于毕业了。其实我在四年前就预言会是这样的结果，可那时候的二弟不听劝告，反而在内心有所质疑，甚至以为兄弟们因嫉妒而放冷箭。实际上对二弟我还是了解的，一个地道的农民，虽然和大哥一起包过工程，也单独办过养殖场，到最后兴办砖厂，可他始终没有脱离农民的狭隘，也没有改变贪小便宜、见风就是雨的毛病。二弟大概看着同代人之间的孩子都有了前途，想着自己的儿子不但没有找到混饭吃的门路，反而给家庭带来更多的负担，因而产生了怨恨。转移怨恨解决不了实质问题，但对二弟来说，把满腔委屈转移到兄弟们头上，以求心头之快慰也未尝不可。然而我从父亲口中得知，二弟的心里根本不是我所想的那么简单。

大哥从来不问兄弟家庭间的事，分户居住这么多年来，他和二弟、我以及三弟之间的关系的确有所疏远。大哥的孩子大学毕业后又继续攻读研究生，似乎没有太多的后顾之忧，因此他死心塌地经营砖厂。三弟从种庄稼转移到种植药材，最后又回归到种庄稼上。各种增收途径尝试完之后的三弟经常这样说，不是土地不养人，而是人对土地做不到信任。可我看得出，三弟并没有彻底死心，羡慕别人乃至跟风的冲动言语却时时挂在嘴边。还好，三弟的两个孩子都很听话，家庭和顺平安。即将迈入不惑之年的二弟在兄弟们之间算是最不安稳的了，倒不是说他有多少坏心眼，在我看来，二弟的瞎折腾和爱慕虚荣已将他推进了回天乏术的困境。二弟从不自我反省，也从不换角度想问题，对他而言，怨恨兄弟甚至抱怨父母已经成了他排泄所有不愉快的唯一途径。因而，兄弟之间原本或多或少的罅隙愈加明显。

两年前，二弟想方设法得到胡林生家那院子，并且将大儿子安顿妥当，按理说，他不应该再有非分之想，但事实并非如此，问题的根源就在于胡林生那院子。那时候，他的小儿子在县城读高三，学习差得要命，可花钱从不落人之后。二弟十分恼怒，为此事他曾召集过兄弟们。大哥依旧话很少，或者根本就不愿说他的真实想法。三弟在孩子们读书的事情上没有太多意见。我建议让孩子上个技校，学点手艺，也不失为一门出路。二弟偏偏对我的建议持有不满，当面就说我只顾自己，从没把他当兄弟看待。既然他都这么说了，我还有什么可辩解的呢？兄弟永远是兄弟，但兄弟也都有自己的家，何况孩子的事情除了父母之外，谁还能做个当机立断的决定？

高考前夕，二弟的小儿子曾提出不愿参加考试的想法。我想原因只有一个，那就是他自认为学习太差，怕村里人不仅会笑话他，而且还会耻笑整个家族。二弟小儿子的想法自然不会让二弟知道，也没有跟我说，这一切都是老父亲告诉我的，因为那段时间老父亲一直在县城陪读。老父亲没有告诉二弟，就是怕他恨铁不成钢，将所有怒气撒在孩子身上。眼下就要考试了，我自然不便跟二弟提及。一直到后来我才知道，二弟的小儿子看着他哥哥住进新房，也想力求提前介入属于自己的生活，因而有了放弃参加高考的想法，读书的心思也一下进入虚无起来。

村庄里读书的人少之又少，大家都说，出门能识几个字就行了，读深读浅没区别，这大概是就业压力带给农村最直接的影响了。

那段时间二弟愁肠百结，无心打理日子。我告诉他说，想上大学是不成问题的。二弟不理解，也不明白，听着村里有人家放鞭炮，他就将自己藏在被子里，凡事不闻不问。有一天，失魂落魄的二弟终于等来了他小儿子的录取通知书。二弟和村里其他人家一样，要为他的小儿子办一次升学宴。他没有听兄弟们的劝告，一意孤行，并且大张旗鼓。

老父亲早早就来电话，说无论多忙都要回来。我知道，就算天塌下来也要回家给二弟道喜，同时还要准备一份较为厚重的礼物。这样的礼数流传好多年，我追不到它的源头，也无意去想，然而就是因为这些简单的礼数，最容易伤及人心。老父亲提早来电话，虽然没有明说，而我何尝不明白！我们毕竟是亲兄弟，老父亲也是用心良苦。当然了，作为人父，有谁愿意看到骨肉间产生罅隙呢！

升学宴是在二弟新修的院子里举办的。亲戚朋友都来了，村里人也几乎都来了。整个院子里摆放着十几张大桌子，桌子上美食丰盛，二弟满脸笑容，拱手相迎。看着如此浩大的场面，我一下跌落到几十年前的记忆当中。

那时候父亲身体健壮，为了我们兄弟几人读书上学，乃至家庭日常生活的开销，他重返牧区，替人放牛，看管牧场。尽管如此，逢年过节的时候全家的生活依然很拮据。记忆中，能吃肉、吃糖的印象几乎没有。那样的年景一直到大哥和二弟没有读书，三弟开始垦荒，我继续读书。并不是父亲的偏见，大哥初中毕业后自己不愿意读，二弟看着大哥做生意，也就此打消了继续读书的念头，三弟压根儿就不去学校。多亏了兄弟们，否则我也是中途辍学的对象，因为仅凭父亲一人是无法将我供读出来的。那个年代整个村庄都很贫苦，供读一个大学生也实属不易。也是因为这点，这么多年来，我都无法忘记兄弟们的那份情谊。

和其他人一样，我将事前准备好的两千块钱交给了二弟。我想，大哥和三弟也是如此吧。

混混乱乱，这场声势浩大的升学宴到太阳完全落下才结束。送完亲戚朋友和村里的几个醉汉时，我已经十分疲惫，可二弟趁着醉意，非要和大家彻夜长谈。其实兄弟几个没什么好谈的，而且我有十足的把握可以断定二弟要说什么。

你说怪不？现在的人怎么就不懂得礼尚往来？不要脸皮。我万万没想到，二弟一开口就是如此刻薄尖酸的话。

这是说谁呢？今天的场面不是很大吗？我心里想。

二弟继续说，他妈的，我给他随五百的礼，他却还我二百。在最困难的时候我舍命帮忙，等我有事了却不见人家的影子。

大家都没吭声，也不知道二弟含沙射影是对着谁的。这一切虽然与我无关，但就在此时此刻，我对二弟已经厌恶至极。每个人都有难处，何必为一点小小的事情就动辄破口大骂呢？说到底，二弟还是太看重利益了。

孩子第一次出远门，万事都要小心。我引开了二弟愤怒不止的话题。

不是有你吗？你天南海北都走过，怕啥？二弟反过来问我。

言下之意，孩子上学非得要我去送了。引开二弟的话，我感觉有点引火上身，但我没有后悔的意思。就算我不引开话题，二弟还是会让我去送的。理由有二：一是我在家里算个文化人，不至于半途迷路；二是送孩子上学需要花费，我去就可以给他节省一大笔钱。二弟向来爱占小便宜，吃一个锅里饭长大的兄弟，这一点我是清楚的。这样也好，就算是我补偿二弟当年供读我的一点点心意。

整整一周时间，从南昌回来后我直接去了老家。这是必需的，二弟急切盼望我回来，他要听我关于送孩子上学的一些情况，老父亲更是如此。

和办升学宴时相比，二弟判若两人。我还没有走到家门口，远远就看见了他——我的小心眼且爱占便宜的二弟，他穿着一件褪了色的旧夹克，裤腿沾满泥巴，靠墙站立，神情黯然。

这几天一直下雨，水路不利索，巷子里满是水。二弟迎上我，没有问送孩子的事情，却先给我说水路的问题。

我说，等大晴了好好收拾一下吧，水路是大问题。

嗯。二弟答应着，才问我，都顺利吧？

一切都安排好了。我和二弟一边说着话，一边向家走去。

晚上，大哥和三弟也来了。没等我说送孩子去南昌的事情，他们刚坐稳屁股，却又转身走人了。那天晚上，我和父亲住在一起，他老人家给我说了一件令我非常吃惊的事。难怪大哥和三弟不闻不问，也难怪二弟如此颓败。

父亲说，当我离开老家去送孩子的第二天，二弟的大儿子就前来和二弟算账。原因很简单，二弟为儿子办升学宴请了许多亲戚朋友，这期间当然也有大儿子媳妇娘家的亲戚。所收礼钱由二弟保管，他自然不高兴了，说他们的人情要他们还，意思很明显，礼钱不能让二弟独自占用。

听完父亲的话，我默默无语。二弟的大儿子那么做，情感上虽然有点出格，但道理上似乎是通的。然而就算二弟愿意，却已经拿不出来了。因为二弟的小儿子被一所三本院校录取，一学年的学费就高达四万多元。

父亲还说，二弟在他大儿子无情的逼问下号啕大哭。

我理解二弟，也清楚他的难处，可是谁也没有更好的办法替二弟处理家务呀。二弟和儿子之间的关系出现了裂痕，这让整个大家庭都有了某种不祥的前兆。实际上就近几年的乡村而言，这样的问题比比皆是。毕竟发生在自己家里，故而我有更为深刻的想法。人和人之间的亲密关系或许不仅仅由血缘来决定，费孝通先生说，儒家所注重的孝道其实是维护社会安定的手段。那么一个家庭安定的因素呢？家庭安定的关系与力量表面上看起来的确和权力及礼治有关，但是在权力和礼治的掩盖下，我们恰好忽略了理解与沟通。对一个家庭来说，权力不再是和谐的手段。多少年来，二弟对两个儿子从来都是拳棒相加，他自以为在传统的不可替换的父权权威和礼治的约束下，完全可以将两个儿子调教成为孝子。事实证明，二弟失败了，并不是说传统的父权与礼治丧失殆尽，而是主导现农村家庭和谐的主要力量已经变成了金钱，父权与礼治只是以道德与品行的面目堂而皇之地存在着。一向自恃高大而特立独行的二弟这次彻底败了，他不是败在自己的要强之下，而是败在了传统的父权权威和礼治的捆绑之下。当然，二弟永远不会明白，“在一个变迁很快的社会，传统的效力是无法保证的”。

面对简单而其实极为复杂的家庭矛盾，兄弟们都无能为力，劝慰似乎有点多余，不闻不问却又显得不近人情，失去了作为兄弟的本分。

十三

二弟失业了。理应不是这样，但二弟还是选择了这条路。大哥在这件事情上同样没有表态。

当年大哥兴办砖厂的时候问过我好几次，当然也问过三弟，我和三弟都没有入股参与。二弟是因为在大棚育牛上连年受挫，不再考虑养殖的生意，于是便跟随了大哥。这么多年来，尽管或多或少有摩擦，也不至于割席而坐，可二弟在大哥面前突然提出要分股，这让大哥无法理解。如果二弟将属于他的股份转让给别人倒也可行，但时下却难以找到那么合适的人。如果有那样的人，甩给大哥的就是资金与关系之间的重组，这一切都不是简单的事呀。可二弟已经铁了心，不这样又能怎么样？孩子每年都要四万多的学费。我们都知道，砖厂的经营面子上看起来光彩，而实际真拿不出那么多现钱，这大概也是大哥十分为难的地方。面对二弟的突然退股，他虽然不大说话，可我们看得出，他眉间多出了皱纹，鬓间也增添了不少白发。三个多月之后，大哥和二弟才算清了一切。二弟拿着属于自己的那份后，彻底解甲归田了。

二弟从大哥的砖厂退出股份后，他将所得之钱分成三份，两个儿子各一份，自己留一份。同时，他还从已经分好的三份里按比例抽取了一小部分，那部分是用来供小儿子读书的。听父亲说，二弟将那一份钱给了大儿子后，再也没有去过大儿子的新院子。属于小儿子的那份二弟先保管着，电话一来，他就去县城汇款。

这样的日子一直持续到二弟小儿子毕业的前夕。

这天，二弟给我来了电话，没有过多寒暄，开门见山就问我，实习是不是要很多钱？我挂了电话，直接问了学校。学校的说法和二弟的说法差别很大。学校说，因为专业的要求，这批毕业生都要到安徽一家工厂去实习，具体是去做手机屏幕，而且是有工资的。当我把这话转达给二弟时，二弟一声不响就挂了电话。

孩子在外面很容易学坏的。老父亲曾经说过这样的话。我不敢保证二弟的孩子是否真的会学坏，但出门在外身上不能没有钱。可我听说二弟就此给儿子打了电话，言语不堪入耳。

孩子的心让他伤透了。老父亲同样告诉我这样的话。我不知道该怎么去劝慰二弟，总之，他们父子之间已经有了隔阂，甚至萌生了怨恨。当然不仅仅是为这一次，二弟每次汇款时总要在电话里骂上一阵。其实二弟的心肠是好的，无非是担心孩子学坏。一个农村的老粗人，不会旁敲侧击，也不会谆谆教导，剩下的也只有漫骂了。然而这样的交流方式对从未涉足社会的孩子而言，自然接受不了，那种反叛，乃至背叛的情绪滋生蔓延不足为怪。他们父子之间缺乏沟通？他们父子之间永远无法沟通。

二弟自从和大哥分股之后，就一直待在家里。坐吃山空的道理他不是不明白，加之大儿子渐渐远离了他，这一切让二弟对生活大失所望，以至于对亲情都产生了不明不白的质疑。

毕业整整一年了，二弟的小儿子一直没见影子。其间只来过一次，是参加县上的大学生村官统一招考。村干部招考录取率十分有限，考试落榜后他就离家出走了。我当初曾提议让他上技校，学一门手艺，起码还不至于成现在这个样子。就是因为我这句话，二弟曾在父亲面前骂过我，说我不怀好心，还说不操心跑个好学校，硬是怂恿娃娃学个打工的。二弟哪里明白，在尘世上活着何处不是打工呢！

村庄里读书的孩子愈来愈少了，初中一毕业都各自寻找出路。除了就业面狭窄之外，其实与人们的观念和实际情况有很大的关系。大家都在讨论同一个话题，各自算着同一本账，那就是供孩子读书的所有费用差不多能娶一个媳妇了。从这件事情上，我也看到了教育体制的变化对我国各个社会层面家庭所带来的不同程度的影响，尤其是对农村家庭，其影响至深至远。

书算是白读了，到头来不但荒废了自己，还连累了家人。

二弟逢人就这样说的同时，便又四下打听合适人家的姑娘。按照他的话说，儿子不管怎么不争气，始终是要给安顿一个家的。兄弟们也帮忙张罗，当然也仅仅是张罗，具体主意还要靠二弟自己拿。

晃荡了一年之后，二弟的小儿子回来了。孩子瘦多了，然而却时髦多了，言谈举止和他的身板全然不搭。村里人说长道短，传到一家人耳中的除了伤心之外，剩下便是陆陆续续和不同人家结下无法说清的怨恨。二弟的表现极其强烈，他除了咒骂别人，就是不允许儿子在他眼前出现。愈是这样，他儿子愈是不言不语。也可以想象，孩子四年时间几乎在大城市生活，突然返回乡里，首先心理上无法接受，之后便是天马行空般估算自己的未来，严重忽视现实的残酷性，后果就是无法和家人在同一个平面上商量事情。我还知道，孩子的心气儿很高，看过好几个姑娘，都不愿意。其实他是找借口不想回农村，可他没有在城市打拼的勇气和资本。现实就在眼前，不得不接受，也不得不面对。在大家的努力劝说下，孩子总算向命运低头了。而摆在二弟面前的却是另一件十分为难的事情——巨额彩礼。

二弟为儿子娶亲的日子越来越近了，可那份巨额彩礼依旧没有着落。大哥的境况大大不如以前，三弟守着一亩三分田，的确也都是心有余而力不足。二弟的大儿子始终没有表态，他拿出决意要和这个家划清界限的姿态，这让二弟愈发感到心寒。就在全家人无计可施的时候，老父亲拿出了素日积攒的部分钱。他说，这些都是你们平日给的，老了，也没处花，先急用，办完大事再说吧。老父亲的举动令兄弟们羞愧不已，就在几天时间里，大哥和三弟都不同程度拿出了点钱，我也是托人将住房公积金的存款取出大半给了二弟。

二弟的小儿子顺利完婚，二弟算是彻底放心了。兄弟们各尽本分，在村里没有落下令人耻笑的把柄，反而赢得了村里人不同程度的夸赞。可就在大家各自回归原来生活状态的时候，老父亲突然召集我们兄弟要开家庭会。我记忆当中，家庭会是多么遥远的一件事。不知道父亲要对我们兄弟说些什么，但我依旧按时回家了。父亲虽然老了，但他的威严不减当年。饭后，大家坐在一起，说笑期间老父亲突然发话，他对二弟说，你们都各自有家，再说兄弟不像父母，欠一分就是一分的人情，要还。大家都沉默了。父亲接着又说，供读一个孩子不容易，都尽了义务，至于后来的事情就看各自的福报，没必要把怨恨压在心底。人一辈子要经历很多苦难，比起大街上讨饭的苦命人，你们还有啥抱怨的！听完父亲的话，兄弟几个都涨红了脸。的确也是，可我们每个人身体里都有一种可怕的，甚至罔顾法纪的欲望——那就是要活得比别人更好，这份好源自何处呢？“与战胜敌人的人相比，战胜欲望的人更加勇敢。”可谁能彻底战胜自己呢？

二弟要出门了，我想二弟是牢牢记住了父亲的话，他再也无法安心坐在家里。生活似乎回归了最初的、暂时的安定之中。时间分分秒秒从未停歇，兄弟之间过往的不快和纠结也慢慢地愈合着。安定团结，对一个大家庭而言，或许才是长治久安的根本。

大哥群策群力，总想出人头地。二弟出门在外，也是为了日子的安稳。三弟守着田地,已经疲于进取。我亦混迹文案之间，却也头顶稀疏了。这天，我接到二弟打来的电话，心里突然温暖起来。电话里和二弟说了很多，其间二弟还提起了欠兄弟们钱的事儿。我告诉他说，兄弟的情要还，但我的那份你不用还，是我当年欠你的。说这话的时候我没有考虑，因为我知道，只有这样“兄弟”才是一个很温暖的词，那种血浓于水的情感才会在时间里保持久远。

二弟沉默了好长一阵，然后挂了电话。我不知道二弟怎么想，就在挂电话的瞬间，我已心如刀绞。这一世做兄弟，大概是前世的缘分，而镶嵌在这缘分之中的恩恩怨怨其实没有必要去细究。可话又说回来，如果不去细究，大概也就没有人世间所谓的恩怨了。大家都在尘世中滚爬，又何尝不被这些看见的或看不见的恩怨所拖累!

十四

大哥突然来电话，说家中出大事了，让我赶紧回来一趟。其实我知道，这一天迟早会来的，所以当我接到大哥电话的时候，并没有吃惊。虽然兄弟们都有各自的担当，但父亲健在，因而整个大家庭的事情谁也不敢置之不理，所以我必须要按期回乡下老家去。

五年前，二弟的小儿子考上大学，毕业之后一直未曾就业，兄弟们张罗着给娶了媳妇，可谁能想到，正是因为当初的那个张罗埋下了今日的危机。那件事情说来话长，也是当年二弟没有参考我的意见，觉得孩子上个大学就有一条生活的门路，或者他觉得孩子一上大学自己在村里就有面子了。现在想起来，我也理解二弟，他为了供读孩子，几乎用尽了一生的积蓄。为此他的两个儿子也闹得很不愉快，表面上一团和气，私底下却是“磨刀霍霍”。二弟保持着他惯有的坚强和好面子，口头永不服输，可我看得出，二弟已经是山穷水尽了。

二弟小儿子对当初的婚姻是有点儿不太愿意的，但也没有明显的抵触情绪。结婚以后，孩子变化很大，他不再和二弟对着干，他们父子之间的矛盾也消退了不少，全家人看在眼里，倒也放心了。可二弟竟然好多次提出要和小儿子分家，还说眼不见心不烦。然而一切都让兄弟们劝阻住了。二弟有两个生龙活虎的儿子，一旦独自居住，难免会受到村里人的嘲笑。二弟提出和小儿子分户居住，自有道理，可他没有对兄弟们挑明说，他将所有烦恼积压在内心，郁郁寡欢。短短时间内，人也苍老得不像样子了，当他和父亲并排坐在阳光下，除了兄弟们，外人几乎不可辨了。看来二弟的两个儿子使二弟彻底倒下了，他已经丧失早年那种拼搏的勇气和信心了。

大哥的砖厂越来越不景气，实际上大哥也已经感到力不从心，可一时难以放手。二弟当年因供读小儿子，在迫不得已的情况下和大哥分股。我不知道有没有给大哥带来实质性的影响，而对他自己来说的确是渡过了难关。那可能是二弟全部的积蓄了，我记得他当时说过，所有资产分成三份，两个儿子各一份，他自己一份。大儿子在二弟供读小儿子的事情上持有意见，因而一直对二弟不冷不热。小儿子上学花掉很多，到头来两手空空，再加之说亲娶亲，二弟留在手头的那份大概也所剩无几了。

二弟性情大变，源于他小儿子的婚变。二弟的小儿子是大学生不错，但他经历不多的生命中却有过频繁的高低起伏，从农牧区到城市，再到农牧区，他渴望的那种生活未能实现，反而落入虚空之中。我猜想，在婚事上他有反抗之意，心底却又不忍，或是不敢，毕竟供读他的时候家里花了过多的费用。二弟为他小儿子娶媳妇也是某种职责所在，所娶之女无论家道、人品还是相貌，都十分不错。父母之命，媒妁之言，所以受人攻击并不是这些方式不好，而是从这方式里所得到的结果不好。现在看来的确如此。天下父母哪有存心将儿女推入火坑之说？为儿女择偶是父母的责任和义务，按门当户对的标准为儿女择偶，无外乎就是为了保证他们将来过得平安幸福。然而问题就在于——媒妁之言，父母之命。因为社会的不断进步，两代人之间已经有了很大的隔阂，于是，父母自以为十分准确的判断却很难迎合下一代人的情感世界，父母之命的结果在婚姻中则体现为新的家庭矛盾层出不穷，甚至决裂。

在处理情感问题方面，传统的以长期经验树立起来的权威，遭到了现代生活以短暂经历为基础的体验的挑战。城市在物质上已足够现代化，甚至步入后现代化，农村则现代化得不足。农村人进入城市生活，无论进城务工还是读书，都是个人急剧现代化的过程，其间观念的挑战和冲击很大。二弟小儿子就是最好的例子。二弟小儿子与家人及妻子之间的和顺关系只是表面现象。就在二弟盼望着抱孙子的时候，潜伏着的隐患渐渐显露了出来。和村里惯于浪荡的年轻人的表现相似，二弟的小儿子起初也是夜不归宿、花天酒地。这样势必会引起家庭的不和，首先是二弟看不惯，之后便是骂骂咧咧。在二弟面前，他的小儿子又重复了刚毕业时的那种状态——既不说话，也不抵抗。这种沉默式的抵抗有一天终于波及了小两口，争吵、谩骂、打闹，继续沉默，之后陷入冷战。二弟十分恼怒，儿子毕竟结婚了，有些事情不好一一去盘问。但他明白，这样的结果不但会让家庭陷入窘迫之中，而且有可能导致另一个家庭的破裂。我想，这大概就是二弟三番五次提出要和小儿子分开居住的原因和目的。

大哥和三弟总是比我聪明，对于二弟的家庭矛盾他们往往避重就轻，或干脆装作不知道。也是因为二弟小儿子在我跟前还能说几句实话，所以对二弟的家庭问题我关注的自然就多了点。其实二弟小儿子也不是诚心让家人受气，他说，他只是想到外面去闯荡，他的希望并没有彻底破灭。或借口，抑或早年一如死灰般的雄心再度兴起？至于他内心真实的想法我怎么会知道呢？我知道的是，他再也听不进我的好言相劝，哪怕只言片语。和他不多的谈话中，他除了说和现在的这个媳妇无话可说之外，却也没有说出逃离的理由来。

和我猜想的差不多，二弟的小儿子对我说，因为上学花了很多钱，总觉得亏欠父母太多。原想结婚之后草草了此一生，可是谁想人生如此漫长。漫长的一生当中和一个没有丝毫感情且无法谈得来的人过一辈子，那不就是生不如死吗？二弟小儿子的话说得倒是很诚恳，我也承认，现在的年轻人在婚姻上的要求远远不止过日子那么简单，他们不但要在情感上获得满足，而且还要在人格和心灵上取得相互的慰藉。然而在这样的要求下去择偶，就农牧区的实际情况来说，是极为困难的。原因很简单，具有相同文化层次和兴趣爱好者真的是凤毛麟角。撇开这些不说，其实我在想，一旦二弟小儿子的婚事以失败告终，二弟可能再也没能力去尽他的那份责任了。

二弟自从小儿子上大学后就戒酒了，可他现在又开始喝酒了。大哥来电话的次数也渐渐多了起来。大哥原本就拖拉，几句话能说清的事总要缠绕半天。当然了，无论他怎么缠绕，他想说的意思我再清楚不过了。简而言之，就是二弟变了。变成坏人了？喝酒也不能说明是一个人变坏的开始吧。几个月之后，我才真正明白，二弟不但喝酒，而且还参与赌博。

我躺在家里，开始梳理这么多年来发生在兄弟间的各种恩恩怨怨，大大小小，反反复复，最后才又回到二弟小儿子给我所说的话当中。滤尽其他成分，二弟小儿子所说的话大概也就一句——日子过不下去了。再具体一点说，就是要离婚。二弟和他小儿子肯定没有深刻地交谈过，从小严加管教，如今这样的结果二弟是难以接受的。给小儿子再娶一次媳妇，断然会要了二弟的命。可是靠赌博能发家吗？靠赌博能给儿子再次娶媳妇？二弟不是那样的人，他一向十分精细，而事实并非如此。遇到难以跨越的门槛就令他抬不起脚，还是现实的残酷无情让他变成了傻子？

我再次回到老家，依旧不见二弟的影子。听家人说，二弟的小儿子和二弟正好相反——白天睡觉，晚上出门。眼看家道衰落，兄弟们虽然各自尽了本分，却依然唤不回二弟父子的回头。父子之间没有了任何情感，也就缺少了相互间的疼惜与眷恋，就和路人没有什么区别了。老父亲也不再吆喝开家庭会议，他早年的威严也在岁月的磨洗中变成慈蔼，给我来电话时，也听不见昔日的雷厉风行，只是自责、感叹，或对我们兄弟几个的絮絮叨叨。

这年秋天，二弟的小儿子终究还是离婚了。铁定的事实面前，大家只有嘘唏。那天，二弟是醉着的，时哭时笑，喜怒无常，等一觉之后，除了黑了一圈的胡茬之外，仅剩无奈和叹息了。

十五

二弟的赌瘾不但没有戒除，反而更大了。好几次他在电话里直接说，没有钱，电话都停机好几回了……还说下次回来时多带几包烟给他。这是我的二弟吗？记忆中的二弟虽然争强好胜，爱贪小便宜，却十分好面子。他这样开诚布公倒是很符合兄弟间的情谊，却不太符合生活的规律和个体生命在生活中的价值体现。

不见二弟的影子，他的大儿子对此漠不关心，大家看在眼里，却又不愿去多说。“骨肉之间，多一份浑厚，便多一份亲情，是非上不必太明。”话是黄宗羲说的，也不乏武断。这年春节，大家聚在一起，我却感到了不自在。就当时那种氛围，再联系这些年所经历的许多事件，我发现事实并不是那样，兄弟之间缺少的恰好是亲情的浑厚，而多出的却是是非上的判断和利益之间的权衡。“任何对于中国问题的讨论总难免流于空泛和偏执。”兄弟间的问题的讨论就不仅仅是理论上的空乏和偏执，更多的则是现实生活中的利益关系，是所处环境和不同想法之间的对峙。当然我们坐在一起，是有意回避这些话题的。尽管如此，那种不自在，甚至别扭的表现还是捉襟见肘了。二弟尤为如此，没有到焚香祭祖的时辰，他就借口回自己家了。

家是人们精神存在的载体，是有具体的生命意义的。家不仅是物质的体现，更多的是精神与礼仪的核心。二弟急于回家，何尝不是对精神与生命的慰藉与唤醒？那么，素日的二弟真就没有生命意识与精神慰藉了？二弟就是携带躯壳而奔突的流浪者？我不愿这么想，然而他的所作所为又何尝不是如此！孝道的意义不在于如何遵从老人，而是如何以共同的血脉来维护家庭的和睦和礼仪所代表的权利地位，一句话，就是团结。面对不听话的两个儿子，二弟大概感觉到那种和睦与礼仪所代表的权利地位早就不存在了，因此，他才对眼下的生活有所失望。对自身存在的价值有了质疑，那么接下来就是对为什么活，为什么活得如此累，甚至为什么如此不公平等的质问。二弟一步步陷入对未来生活的无限迷茫和虚无缥缈的幻想之中了，以至于无法自拔，可兄弟们还能为此做些什么？

出门也好，坐在家里都是气筒。第二年清明期间父亲对我说，二弟小儿子出门打工去了，临走前从他这拿了一千块钱当路费。二弟对此已经毫无感觉了，他只是沉浸于一夜暴富的幻想之中。

大哥的交际很杂，也很广，听到和见到的远远多于我们，但就有关二弟的事情却有意隐瞒着。这天，我接完大哥的电话就匆忙回家了。刚走到巷口，就看见一群人围在一起，三弟举着铁锨，护着坐在门槛上号啕大哭的二弟媳妇，家族里其他兄弟们也是虎视眈眈，高声对嚷着。起因很简单，二弟欠了人家赌债，由于无力偿还，人家前来拆房。赌债实际是某种意义上的高利贷，没有法律效力，何况对方亦无字据，且看着我们人多势众，纠缠了一阵子也就各自散去了。而债主上门拆房，却留给村人一个永久的笑谈。

二弟离开了家，离开了村庄，他几乎连老人都不在乎了。二弟绝不是那种无情的人，他要强，好面子，从双脚踏上那条赌博路起，他应该想到挖墙拆房是迟早的事儿，可怎么就回不了头呢？难道真的让一夜暴富的美梦糊住心门了吗？有家不能回，有舍不敢入，兄弟们从最初的恨到如今的怨，渐而到遗忘他。除了那股相同的热血之外，没有了疼爱，没有了悲悯，于情于理都说不过去，但事实如此。

这天，我突然接到二弟小儿子从上海打来的电话，拐弯抹角地唠叨了很长一阵，最后才落到实处——他说他谈了女朋友，想带到家里来。

我沉默了。有女朋友是好事情，但也是个问题，这个问题并不是鼓掌就能通过那么简单。就眼下情况而言，二弟还有能力吗？接完电话，我就此事跟大哥一五一十地复述了一遍，奇怪的是大哥一声没吭。我又给三弟说了一遍，三弟沉默许久才吐了三个字——随他吧。之后我也在想，有二弟在，我这样忙于张罗是否合适。而且这样的张罗是不能解决问题的，解决问题的办法除了钱，还能有什么？我突然明白了大哥的缄默和三弟的无所谓。

几个星期过后，老父亲的电话来了，他让我回家一趟。虽然没有说要干什么，而我何尝不明白要干什么呢！父亲老了，话语吞吞吐吐，少了当年的利索，但这次却多了不同于以往的严肃。父亲说，你们都是长辈，事情终归要解决。毕竟是亲兄弟，你们都不管了还能指望谁？二弟不在场，大哥、我、三弟，我们认真听父亲的训导。说实话，事情肯定要解决，但在解决的方式上我们始终无法达成统一。父亲又说，等我死了，就啥也看不见了。不死，我就要看你们的笑话。父亲的话很有分量，同时无形中也给我们带来不可推卸的责任和压力。

这年冬天，在父亲的召集下，兄弟们再次坐在一起，商量如何解决二弟小儿子的事情。我好不容易才见到二弟。人不人鬼不鬼的，我的二弟已经完全丧失了作为人而该有的那种耻辱感。二弟小儿子在外地找了女朋友的事情起初还是有余地的，可现在毫无退路了，因为他已将身怀六甲的女朋友带回了家。兄弟们由心平气和的商议渐渐变成气冲牛斗的争吵，再到最后的不欢而散，可依旧没有拿出切实可行的办法来。

春节过后，二弟喜得孙子，可全家人怎么也欢喜不起来。事已至此，我们只好按习俗行事。二弟小儿子带来的那女子并非外地人，而是离这三十余里地的宋家庄的。那女子的父亲是粗人，人人都叫“莽张飞”，说白了，就是个玩命的“匠人”。我们央人去说事，都让他骂了回来，三番五次都是如此。后来老父亲又央求了村里几个老人，虽然没有被骂回来，但那“莽张飞”说，他的脸全让女儿丢尽了，就当没养过，拿三十五万过来，算是卖给你家。话都说到这个分儿上，就没有必要继续纠缠下去。可钱从哪儿来？全家人再次聚会，兄弟们三言两语各自发表意见，而说到钱，所有言语便戛然而止。二弟在整个事件当中完全像个木头人，无论兄弟们怎么抱怨，甚至用恶毒的语言去责骂，他既没有任何反抗，也不发表任何意见，依然像个局外人一样。

接连商议好几天，大家都感到有点儿疲惫了，也是因为谁都没有贸然提出拿多少钱的话来。一月之后，烦恼落到了大哥头上。我没有想到二弟那样去想，甚至非得要那样去做。

大哥给我说起好多年前分田地的事情来。分田地的事我知道，田地当初是父亲当着兄弟们的面分的，大家都没有怨言。现在二弟却翻出陈年旧账，说当初分给大哥的那几亩地让大哥有了意外的收获，但他不能独吞。事情已经过去十几年了，二弟就分地一事旧话重提，而且说得头头是道，说祖先承包了国家的田地，还说大哥实际上就是承包祖先的田地之歪理。二弟之所以强词夺理，说白了就是想让大哥拿钱给他。大哥愁眉不展，将事情原原本本告诉了我，我也不知道该生气还是该安慰，该生谁的气，而又该去安慰谁？

兄弟们又一次聚首，是因为事情已经到了必须要立刻解决的地步。那女子的父亲放出话来，说再不拿钱过来他就先剁死他女儿，然后再捅死二弟的小儿子，更玄乎的是有人恰好遇见他拿着砍刀在村口转悠。

那天大家都没有争吵。实际上我提早就和大哥商量好了，大哥也同意拿出十五万。当然，我也是给大哥做了担保，必须签字画押，杜绝二弟以后再在田地一事上纠缠。那天，我们把二弟的大儿子也叫来了。开头的话还是父亲说的，父亲说，你们都在，没必要遮掩，能拿多少就多少。他说着就先拿出了一万，又说，这是我所有的养老金。大哥也是自告奋勇，他说，我拿十五万。大哥说完之后，不住地看着我。我知道该轮到我说话了。我说，我凑八万,三弟必须拿六万。之后我又指着二弟的大儿子说，你也要拿两万。三弟听完之后一声不吭地走出了院子，二弟的大儿子欲要反驳，却被我冰凉的眼神生生挡了回去。

事情总算有了眉目，尽管都不情愿，但钱在三五天内都凑齐了。当兄弟们把钱交到我手里的时候，我也将二弟摁了手印的纸条交给了大哥和三弟。纸条是我拟写的，内容很简单，其意为：二弟所欠赌债与兄弟们无关，遇到挖墙拆房之事由二弟自行解决、担当，以后无论有多大困难，兄弟们只能给予精神鼓舞，免谈经济资助，等等。

对我而言，八万元虽然不是太多，但也确实不少。八万元缓解了一个家庭的所有危机，然而留给我的却是长达数月和妻子的唇枪舌剑。后来我也想通了，哪个女人不想当掌柜，不想掌权，甚至当一家之主？我背着妻子拿走八万，怎么就不允许人家闹腾一番呢？说到底，“兄弟”依然是个温暖的词，也是因为身上流淌的那股相同的热血提醒着我们，事情必须那样才能解决。三弟当时一声不响走出院子，他何尝没有难处？再说三弟又添了一个女儿，他用钱的地方比我们都要多。

大家都说，人与人之间的交往就是信任的交往。实际上，单靠信任维持相互间的权利与义务的年代早就过去了。亲兄弟明算账，说的不就是这个道理吗？明算账，才可以保证人与人之间的情感与信任的平衡。我们兄弟间的账目很明晰所欠所得一目了然，然而这笔再也明白不过的账目却带给了我深深的孤独。当我再次返回乡下老家时，大哥竟然也有些陌生了。三弟也是，而三弟媳妇对我更是恨之入骨，她见我进门，就故意指着扫帚之类的物件乱骂一通。父亲也低下了头，没有了昔日的精神，也不再唠叨过往，唯有三弟那不满四岁的女儿在我身边蹦蹦跳跳，亲密无间。除此之外，我再也感受不到家给予我的任何温暖了。

十六

光阴似箭，飞快的光阴带走众多不愉快的往事，也带来了大家期盼着的美满和幸福。不到短短十年，临街的旧房屋都拆了，一年后，又盖起了统一规划的红墙青瓦的新房，看上去淡雅、清新，村子因此也有了传统文化的氛围，给人朴素大方的感觉，同时每个巷道里都装有路灯，通往家家户户的都是硬化路，有广场，还有健身器材……脱贫攻坚战的全面胜利，让村子有了翻天覆地的变化。赶上了好时代——老人们无不感慨。年轻人对此更是满怀信心，过上幸福美好的生活，何尝不是大家的奋斗目标!

边远陡坡的田地都种了树苗，自家门前院后也种满了树木。似乎是突然之间，大家对生存环境有了清醒的认识——吃好穿好已经不在话下，如何让自己活得舒心才是关键所在。不仅在乎生命的长度，村里人更开始在乎生命的宽度，这样的认识和转变让人猝不及防。

我的兄弟们也是趁着大好时光，出入村头巷尾，比早些年光鲜了许多。孩子们一年比一年大了，大哥卸了重担，厂子转让给了别人，日子过得也算舒心。二弟不再赌博，早年的赌债该还的都还了，无债一身轻的他倒也无忧无虑。家里亦无大事，兄弟们在对美好生活的向往下，渐渐遗忘了昔日的不快，自觉与不自觉间，又紧紧靠在一起，大家庭再次发出和谐的欢声笑语。

然而就在那年初冬的某天早晨，母亲突然去世了。我接到电话，一时回不过神，说母亲早早起来就晕倒了，但我感觉母亲可能没有了，家人只是为稳住我的心才说了善意的谎言。中午赶到老家时，母亲已没有了意识。从早上六点多至此已过去近七个小时，错过了最佳的抢救时机。本家兄弟们说，慌乱中将人抬到炕上，这才开始叫救护车。我知道老家的情况，一旦发生这样的事情，压根就没有指望过。事已至此，但也不能坐等母亲咽气。通过各种方式，我们终于找来了救护车，送母亲去了县城医院。送母亲去医院的那一瞬间，我心头突然闪现出一个可怕的想法——倘若抢救过来，母亲却永远醒不了，该怎么办？这样的事情的确是很难做的。真是那样，母亲只好受罪了。如果不去医院，谁能担当得起让别人看来是极为不孝的罪名呢？母亲其实是很健康的，她总是闲不住，在我们的意识中，根本没有将母亲和死亡联系在一起。父亲常年身体不好，才是我们兄弟几个经常担心和谈论的话题。然而母亲却先走一步，留下了父亲，留下了我们众兄弟。

县城医院没有开颅的本事，建议我们到大医院。母亲颅内出血十分严重，我从医生的神情上，早就看出了不祥。怎么办？大哥说，还是走吧。大哥是本家最大的兄弟，当然他也很清楚母亲的情况，只是不便明说，依然坚持要颠簸上百公里路途。大哥那样做，莫不是为换取村里人眼里的“一片孝心”？按我的想法，其实没必要折腾了。所谓孝心，更多时候就是给别人演戏。有没有孝心，这么多年来难道自己心里没底吗？常言道，人生道路是自己走出来的，真的是吗？我反而觉得很多条路摆在我们面前，却不由我们来选择。果然，没有走出十公里，母亲就走了。她没有跟我们说一句话，也没有经历疼痛的折磨，就那样平静地走了，我心里默默记住了母亲离开尘世的时间——己亥年九月廿八日酉时。

母亲劳碌一生，我们遵循她生前的遗嘱，将她土葬，并请了僧人念了大经。同时，也按照村子里经常举行的三献礼祭祀了母亲。先生的祭文十分高调，也有点名不副实。母亲只是很普通的一个母亲，洮河沿岸像这样普通的母亲是数不过来的。先生写祭文，何尝用心过？不过作为世俗世界里所谓对勤劳者的赞美和安慰，也无话可说。我深深地知道，那些虚假的光环，终究无法遮掩住我们内心的伤悲。七日后，大家都回到了各自的岗位上，安心过日子。母亲的突然离开，对我们来说，就是一个梦。每次回家，看不见母亲，房屋就变得幽暗了许多。山岗上，晃动的人影渐次消失。落日下，场院里的豆子像一群孤独的孩子。我也想，这时候，她就会回来。温暖的火苗跳跃着舔舐黝黑的灶膛，她坐在矮小的板凳上，像一尊菩萨，为我们祈祷平安和吉祥。现在，我们隔着一层厚厚的土，想念是多么奢侈的一件事。而深埋大地之下的她，再也不能告诉我们她的苦衷，也不能透露，那些关于活着的艰辛与困苦。临走前，母亲没有对我们开口说话，她留给我们那么多无法破译的语言，“对苟活于尘世中的她的儿女们来说，秘密日益重要起来”。

母亲去世两年后，三弟的女儿大学毕业了，那年冬天，兄弟们再次相聚在三弟家，开始张罗她的婚事。经历了许多生活的风霜雪雨和坎坷波折，回过头来才发现，尘世的一切恩怨早已注定，也是因为我们身上流淌着相同的血液，我们在不同的情境中，终究做不到决绝的分裂与独立。

十七

兄弟们准备了很久，都心照不宣，给三弟长足精神的同时，也希望兄弟之间的关系再加以弥合，给村里其他人家树立个好的榜样。在老家住半月了，侄女的婚事也越来越近了。那天晚上，我和媳妇早早去了堂叔家，因为三弟家里人太多，找不到安身之处。家里办喜事就这样，想早早休息怎么可能？我们去堂叔家，不是为躲清闲，接连几天的迎来送往，还要满脸笑容，感觉屁股没有挨过板凳，实在坚持不住了。喝酒玩牌，人声鼎沸，我无法融入其中。万万没想到的是第二天一大早媳妇就拉着脸，说彻夜未眠，还不如在三弟家将就着。我们背负“偷懒耍滑”的臭名和兄弟们的嘲笑，就是为好好休息一晚，可偏偏事与愿违。

侄女大学毕业后，只身去了新疆。当初三弟向我咨询过，我完全同意，因为在职业竞争十分激烈的当下，谋一份相对稳定的工作确实不易。有一份工作，足以让人心安稳下来。再说了，去新疆是侄女自己的意愿，当然也和毕业前学校的推荐和新疆地区因紧缺教师而实行的人才引进政策有关。然而，侄女所要工作的地方并不是乌鲁木齐，而是在遥远的喀什市英吾斯坦乡中心幼儿园。去后不久，侄女给我来过几次电话，言下之意有点不大情愿。我坦诚对她说，天地之大，工作与故乡之间只不过两天时间的距离，回来又能干些什么呢？父母都还年轻，并不需要床前床尾地侍候，你们能养活自己，我们也就放心了。侄女听了我的话，答应留了下来，可是三弟有点不太放心了，他曾三番五次地问过我。我知道，所有父母都是自私的，只有在自己儿女身上才显得无私而伟大，甚至能做出佛祖割肉喂鹰般的举动来。

关于喀什市英吾斯坦乡中心幼儿园，事实上我并不了解。但我想，无论如何都要比海拔三千多米的高原上好。当然我们没有权利选择自己的出生地，更没有理由不爱自己的故乡，可生活要我们必须作出选择，于是大家便沿着各自选择的道路，废寝忘食，努力向目的地前行。三弟虽然读书不多，但他所经历的磨难比我更复杂，更清楚生活的艰辛和不易，尽管他的内心满是担忧，可终究还是没有说出让女儿回来的话。

三年时间算起来有一千多天，侄女只回过四次家。原本有六次机会可以回来，其间两次因有事没来，一次是学考驾照，一次是进修学习。这样看来，三弟当初的担心不是没有道理的。也或许是我们过于年轻，没有顾忌到父母的一片苦心。作为儿女，风华正茂之时，谁会留恋故土？作为父母，内心渴盼的并不是儿女们多么风光、富有，而是在不断衰老的光阴下，有儿女能够陪伴。还好，三弟比我“富裕”多了，因为他还有小姑娘和儿子在身边。

侄女终于要出嫁了，这是大家都高兴的一件大事。姑娘大了，由不得父母做主，但该是父母操办的一样都不能少，为此全家人整整忙了半个月。本家兄弟们也是忙出忙进，厨房里更是热闹非常。相比几十年前，现在办出阁宴，并不比满汉全席差多少。

熬过前期的缓慢准备，临嫁的前三天却是紧锣密鼓。送侄女去婆家的头一晚，我们讲究完姑娘出门前的一行规矩，就等婆家的人前来迎亲。这期间家里并没有消停，村里的大人小孩都来了。那天晚上，我给大哥和三弟打过招呼，和媳妇开溜了。因为天亮还要开车，要绕山路爬行好几个小时。

堂叔和父亲坐在炕上，唠着上辈人的各种礼数，同时还不住奚落当下的不良风气，一直到凌晨，都没有要休息的意思。我躺在一旁，捂着耳朵，还是没有睡意，只好央求两位老人早早结束话题。

老家都是土炕，烧羊粪，身下烫得和炒在锅里的豆子一样，可脸蛋依旧冰凉，加之两位老人鼾声如雷，我彻底失眠了。

堂叔家有三盘炕，上房两盘，厢房一盘，烧的只有上房的两盘。快到后半夜了，我还是无法入睡，于是就起身去厢房睡，我裹着被子，强忍着寒冷，和衣而眠，天快亮时，才迷糊了一阵。

十八

必须打起精神，不能有任何闪失。媳妇也看出了我的疲惫，她一边打着哈欠，一边努力陪我说话。

说起昨晚的事儿，媳妇笑我太聪明，反而吃了大亏。如果住在三弟家，哪怕在沙发上打个盹儿，也不至于此。她说，兄弟们肯定会想，我们有了工作，整个人都变得娇气了。还说守门的大人小孩都分到了不少红包。我笑了笑，没说什么。

车子开出五十多公里时，坐在后排的两个侄儿早呼呼大睡了。过了山弯，刚接入公路，婚车就甩开了我。按照男方家的风俗，新人进门，喜神、财神的方位不能错，时间更要准确无误。因而婚车往往出发得早，或者开得快，哪怕在门口等一阵儿都行，但不能迟到。

一道弯，一道梁，路十分陌生。过了中午，距离侄女的新家还有一个多小时的路。我真有点困，眼睛很干涩，速度也越来越慢了。媳妇有一句没一句地应付着，一直到过了干沟河。这条路早年走过，不过那时候是骑摩托车走的，根本不在乎河有多宽，水有多深。还好，前面的车辆已经在河面上铺撒了沙子。下车看了看，当碾着沙子小心开过河面后，我的困意却没有了。

媳妇朝后排看了看，见两个侄儿睡得不省人事，于是给我说起了昨晚的事情。媳妇说，原本想讨个清闲，结果一晚上几乎没合眼。我顺便也说起了我的遭遇，媳妇听后显得很惊奇，她怎么也想不到，两位老人会有如此旺盛的精力，而且说睡就睡，头一落枕，立马入梦。相比而言，我们反而少了正常的睡眠，多了莫名的焦虑。

昨晚去堂叔家，媳妇和两位老人打过招呼，就去了厢房。厢房只有二妈一个人，堂弟的媳妇在三弟家帮忙，人不散尽，是不可能回来的。媳妇说，刚一进厢房，二妈就开始拉家常，应承了几句，就裹被睡了。然而二妈没有要睡的意思，人家不关灯，我也不好意思说，强硬闭上眼睛，还是没睡着。

二妈的生活似乎是从凌晨开始的。媳妇说到这里，突然笑了起来。她说，人家的精力充沛，先是听完了微信里的各种语音信息，然后又是各种群聊，五花八门，热闹非凡。

我说，那么迟了，还有啥说不完的事儿呀。

媳妇说，声音很大，反正睡不着，索性也跟着听了起来，内容十分丰富，大多是村里的事情，有婆媳之间的矛盾，也有父子之间的战争，有趣的当然是男女之间那点事了。

我说，那样的事情怎么好意思在微信群里说？

媳妇说，语言不堪入耳呀。不过也有劝和的，老人们的话中听，可是没有人接茬。又说，她们还有一个专门唱花儿的群，各种趣事都编成了花儿，唱得天昏地暗。刷完微信，又开始刷快手。刚结束村里的事情，国家大事和世界格局又开始了。大概到后半夜了吧，二妈刚关了手机，堂弟的媳妇来了。刚有点睡意，她一来又被惊醒了。

我说，我听见了门响的声音，以为是猪在拱门呢。

媳妇笑了笑，继续说，她一进厢房门，就开始倒水洗头，说是去了县城唱歌。

我说，怎么还去县城唱歌了呢？

媳妇说，她们一同去了十几个人，有几个都喝醉了，幸亏家里有车，要不然就回不来了。

我听后十分吃惊，但突然又想起另一件事情来。

一年前三弟给我来了好几个电话，说是要买辆车。我不明白，家里明明有车，为什么还要买？当时我说，不是有车吗？要那么多车能养得住吗？

三弟没有思索，说，家里的只能拉货，不能拉人。又说，以前还能拉点粮食，药材啥的，现在基本没用，放在那儿就是一疙瘩铁。

我小心地试探着他，说，买辆小车作用也不大呀，如果是出租车，还能挣点钱。

三弟说，村里家家都有小车，逢年过节用处多，没有小车，就混不到人群里去。

听他这么一说，我的心又沉了下去。有小车当然不是坏事，毕竟大家的生活条件都好了，可我一直觉得，就三弟而言，用到小车的地方真的不多。三弟早年有过各种折腾，养殖和种植都没能使他走上富裕道路，主要原因就是三心二意。我曾说过，让他去大哥的砖厂，一来是因为乡村振兴项目很多，砖厂效益好。二来他还可以帮大哥监管厂子，兄弟同心，其利断金嘛。

大哥赞同我的意见，我们也当面唠叨过，可三弟就是不愿意，总觉得我们的日子过得宽裕，他继续在土地上劳作，就显得和众兄弟们格格不入了。还有，三弟常说亲兄弟明算账，大概因为当年二弟的赌博和他小儿子惹来的麻烦，不想和兄弟们在金钱上纠缠在一起，也算是某种意义上的成熟吧。

二弟的事情导致兄弟们好几年不曾亲近了。都有各自的家庭，在不同的生活道路上，各自努力奋斗，多出了看不见的拼搏，而少了血缘之间的亲密。母亲离世后，父亲十分孤独。不似以前，他老人家已经失去了昔日的锋芒，对我们的家事不闻不问，倘若遇到节令，他总是想法将我们召集在一起，表面看就是叙叙旧，事实上，他的目的只有一个——让我们兄弟们不要离心。

我的出发点和大哥一样，而至于侄女婚事上的各种花销，除了明面上的随礼之外，我们还单独给侄女儿买了许多常用的东西。二弟家境窘迫，早年因赌博欠了许多账，两个儿子也不怎么努力，但在侄女出嫁的事情上，他做得比我和大哥更阔气。我知道，二弟心有郁结，兄弟们当年为他的事情东奔西走，求情下话，二弟的内心深处，那真是一笔无法偿还的人情债。父母之恩源自天性，而手足之情却是要还的。那几年，二弟看上去矮了一截，和兄弟们在一起，总是郁郁寡欢，格外沉重。以至于后来，他索性不与大家来往，将自己关在小院子里“三省吾身”。无论发生了什么，大事面前，兄弟们依然是一条心。这么多年来，大家从来不提过去的事儿，牵扯到各自家务的事，都会很自觉地避开。越是这样，兄弟间固有的情谊在岁月里愈加变成了清汤寡水。三弟女儿要出嫁，大哥趁此机会，早早就给我和二弟做了安排，给三弟长足精神的同时，也好缓和兄弟间各种不愉快的摩擦和过去的郁结。

三弟要买车，理应没有必要征求我的意见，事实上我也没有任何阻止他的理由，后来三弟还是买了车，是辆二手车。买好车的三弟到我家来过一次，因为买了二手车，表面上显得有点委屈，但我看得出，他在心底里还是很傲慢的，所言所行似乎告诉我，他靠自己，同样可以跻身于村里有车人家的行列之中。三弟买车，让我在一段时间内对村里所有兄弟有了深刻的反思，多年来看破不说破的事实也愈加明晰了起来——都想逃离群体的禁锢，以个人成功的名义占据一个支点，而后贴上富裕的标签。这样的心路我也曾走过，刚刚分配工作时，也常常为自己成功逃离农村而沾沾自喜，更因成功的逃离而将自己纳入高贵和精英的阶层，越来越背离了亲人和故乡，让朴素而真挚的情感变得模糊不清，渐行渐远，甚至遥不可及。三弟依然要走这样的路，依然让虚伪左右自己前行的路，我只能看，而不能施加任何真诚的语言。

媳妇打断了我的思绪，她继续给我说，原以为堂弟媳妇洗完头就可以睡觉了。

我说，洗完头还没睡？是不是还说什么了？

媳妇说，她还要焗油。又洗，又吹，天都快亮了。

我笑了笑，说，也在情理之中，毕竟要去送亲，要当娘家人。

媳妇也笑着说，反正已经没有了瞌睡，只好陪人家洗头，焗油，吹头发，甚至去酒吧了。

去酒吧唱歌跳舞已经流行好几年了，年根腊月，据说县城里的酒吧人满为患，见此情形，邻村有人便将自家的上房改装成酒吧，可以吃饭打牌，可以喝酒跳舞，这倒是符合自主创业的路子，也为常年在外打工的兄弟们提供了可以娱乐的场所。但是，村里的女人们从来不去村里的酒吧，说是人熟，放不开。男人们去，也只是打牌聊天，不敢喝酒，因为男人们有项至高无上的任务——深更半夜要开车去接醉酒的女人。

堂弟买车不到两年，除了接送去县城酒吧的女人外，几乎闲置于家。有车便是富裕的象征，更是忠于自家女人的承诺。我听到过类似的消息，邻村一家女人就是因为嫌自己男人没车，三番五次央求别人接送，后来索性跟别人走了。而三弟不至于，孩子们都大了，他早该过了担忧的年岁，可他依然买了车，究其根源，还是面子问题。活得越虚伪，越是会对生活有清晰的认知。奇怪的是，他们有太多的奢望，却不愿努力，只是一味感慨命运的不公和现实的残酷。这样一来，回馈自己和家庭的也只有无尽的消沉与逃避了。

十九

我们兄弟间在父母的赡养上从来没有出过罅隙，父母经常在兄弟几个家里走动，但不会过夜的。当年分家时，他们选定和三弟一块儿住。当初三弟的房子是老房子，他有翻修的意思，可父亲说房子还新着，没必要再投财力物力人力在房子上，将来用钱的地方多。话是没错，可让两位老人守着老房子，我们心里过意不去。父亲死活不同意，老房子的翻修计划就那样搁置了下来。冬天一到，老房子收拾起来更加麻烦，劈柴烧火，掏灰扫地，到处是飞舞的灰尘。父亲不管这些，他躺在炕上，显得比哪儿都舒心。

寒冬腊月，我不管他们如何不情愿，强行将他们接到暖气房里。几日之后，母亲感冒了，可她偏执，不去医院，父亲更是找到回乡下老家去的理由了，说是转来转去就这么几间房子，出门没有认识的人，没有说话的人，说和坐监狱没啥区别。有天下班回家，当我打开房门时，家里空无一人。打电话一问，才知道他们早就回到老房子了。电话中父亲嗓门很大，说了一大堆老房子好的理由来。奇怪的是两日之后，母亲的感冒也好了。是他们的命贱吗？我并不存心这么猜测，然而事实如此。事实真的如此？所谓孝顺，并非孝敬那么单纯，更多的应该是顺从吧。后来我想，只要他们开心、乐意，大可不必在意别人的说三道四。

母亲走了以后，父亲更是坚定，死守小屋而不愿出门。三弟说，风雨交加的夜晚，父亲总要在院子里转上几圈。天晴的日子，他会去屋后的土窖四周走走。白菜一朵一朵，在严霜下已失去了精神，父亲吃力地将它们放进窖里，而且不允许别人来帮忙。母亲在世时，她铲白菜，窖白菜，也是不允许别人来帮忙的。父亲总是蹲在她身旁，一边看着，一边说话。而如今，在单调重复的日子里，父亲宁愿和记忆对抗，也不愿与现实和解。春和景明时分，父亲还会去园子里，看看那些挂满花苞的刺梅。如果母亲还在的话，园子里那片空地一定会长出嫩绿的葱苗来。事实上，他也知道那片空地已荒芜很久了。大家看在眼里，痛在心头。有段时间，父亲几近木讷，他坐在阳光下，看着晾晒在铁丝上的衣衫，不让孩子们收拾，他就是想从衣衫的晃动中看到母亲的身影。那些轻微晃动的衣衫，让父亲孤独的内心生满了温暖的回忆。

侄女出嫁前一个月，我们动员父亲去二弟家住。父亲不大爱热闹，他知道家里过宴席会很闹腾，于是便听从了大家的意见，白天转一圈，下午就早早去二弟家了。父亲不问兄弟们的家事已有好多年了，然而在侄女出嫁的彩礼上又显现出几十年前的那种威严来。

彩礼是现代中国保留下来的旧时的一种风俗，是指新郎一方购买婚房、家具、婚后生活用品以及各种婚礼仪式花费的钱财，由男方支付给女方的。周代是礼仪的集大成时期，彼时逐渐形成一套完整的婚姻礼仪。《仪礼》中有详细规制，整套仪式合为“六礼”，西周时确立，并为历朝所沿袭，是“彩礼”习俗的来源。“六礼”，即纳采、问名、纳吉、纳征、请期、亲迎，六礼中的“纳征”就是送聘财，相当于如今所讲的“彩礼”。时过境迁，可这种古老的传统礼仪一直被保留了下来。当下农村，这种习俗在保留的基础上，衍生出了各种花样，从拿落话礼（即男方提礼上门）到定亲，需要好几道程序，礼数也由最初的红枣糖果变成了高档烟酒。而且，女方娘家所有门户都不能缺少。对男方而言，是一笔巨额开支；于女方来说，礼数的周全和档次，完全代表了女儿的身价。男方家想方设法要节俭，以免整个家庭沦入债务的囹圄。而女方家千方百计要排场，是因为不甘人后，给整个家庭一次出彩的机会。

早些年农村婚姻有包办现象，反悔的也较多，若女方反悔，彩礼要如数退还；若男方反悔，则彩礼一分不退。养女儿长大也不易，旧时的礼数中，自然缺不了要给父母缝制一套衣裳。随着社会的进步与发展，包办婚姻已经不存在了，但给父母缝制衣服的礼数至今保留着，只是不缝衣裳，直接置换成现金而已。

不问家事的父亲突然跳出来，就是为彩礼一事。兄弟们不便插嘴，只能看着父亲和三弟相互置气。三弟的意思是彩礼肯定是要的，否则村里人会说将女儿拱手送别人了。父亲的意思是女儿嫁过去不是摆设，是要过日子的。倘若背负太多债务，女儿岂不是要跟着受苦？他们谁也说服不了谁，最后大哥做了和事佬，他劝父亲不要生气，也劝三弟在彩礼上适可而止。父亲知道，他在整个家庭里的地位已经在十几年前就发生了变化，之所以还要过问，难道是在试探传统下的家长地位是否真的失效？最后父亲以失败告终，他没有发怒，反而显得心平气和，从此不提侄女出嫁一事。

离侄女儿出嫁的日子越来越近了，家族里的兄弟们都来帮忙。厨房一刻都没消停过，捏包子，拌凉菜，蒸花卷，炸油饼……除此之外，她们还要忙着拍视频，发快手，发朋友圈，之后又忙着回复各种表情和问候。

煮肉炒菜需要单独请厨师。厨师提前两天就来了，一来就指挥年轻的侄儿们，剁肉，烧水，支帐篷……厨师在农村是个火热的职业，年根腊月，婚丧嫁娶，都要提前预订。为获得七里八乡人的认可，在竞争中立于不败之地，有人专门去拜师学艺；还有人花了血本，购置整套锅碗瓢盆和流动的灶台，服务态度上也是一百八十度大转弯，一个电话，自己拉着所有家当就过来了，这倒是应了村里人所说的——宁让钱吃力，别让人吃亏。一切在钱的作用力下，手艺似乎都掉价了，这样的掉价十分糟糕，它让淳朴的民风趋于奢华，让多样的民俗几近凋零，让农村固有的内在的团结消弭于无形，存在的只是表面的兴旺和背地里恶性竞争的循环。

侄女的婚事让我情不自禁想起了几十年前的往事——村里孩子们几乎一夜不睡，围在大门口等娶亲队伍的到来。一般情况下，出嫁女儿都在寒冬腊月，都要在天亮前出娘家门，为此我们会守候一夜。娶亲的人到了女方门口，要想进门，就得买通把门的人。大人们撒一把葵花籽和洋糖，我们便疯一般在地上摸拾，也往往在这个空当里，娶亲的人顺顺利利就进了大门。一直到娶走新娘，临出门前，同样会撒葵花籽和洋糖，最重要的是，每个在场的孩子都会分到五角钱，那五角钱足以让大家兴奋到大年三十。

而此时不同了，侄女出嫁那天，院子里站满了黑压压一片孩子。有村子里的，也有家族里的，都是前来要新郎的。之前我们曾有过商议，然而根本没想到会有那么多。更没有想到的是，新郎给了每人一个红包，人家根本不买账，还说不要红包，直接给钱，拆红包嫌麻烦。新郎瞬间尴尬了起来。我猜想到了，他没有那么多红包是其一，其二是红包里装的钱太少。从进门到出门，就那样围堵在院子里好几个小时。也或许是侄女所嫁较远，村里人知道那天不是男方家娶亲的日子，所以不在乎时间的精准和紧迫。

总不能那样被堵着吧？家族里有长辈出面，可围在嫁妆前的孩子们根本不听话。无奈之下，大哥只好把新郎叫到一边，说了一大堆话，最后给了每个孩子一百元。院子里的事儿总算解决了，可还有新娘的门要开……

我们出门时已是下午了，一路舟车劳顿，到侄女所嫁的县城时天完全黑了。不知道厨房里要了多少，听媳妇说，一帮家族里的媳妇们都很开心。厨房里的礼数是侄女出嫁前一天完成的，那天男方长辈们过来商议未尽事宜，同时也要答谢前来帮忙的人。就在那天晚上，厨房里帮忙的媳妇们收拾干净后，就去了县城酒吧。这样看来，家里没有辆车的确不大方便。而就我所知，用到车的次数也就那几天，之后便停在门外，完全成了样子货，或是一个家庭的门面。更奇葩的是，村里有人为了炫富，从新疆把挖掘机开到老家，过完年又开到新疆去了。不知道中途花费了多少时间，浪费了多少资源，但他们依然乐此不疲，觉得在村里就是大人物，是不可撼动的“大富豪”。

我不得不承认，和我们这一代不同的不仅仅是消费观念和心态，他们的价值观念中，悄无声息地注入了过多的享乐与奢靡。消费的不理性致使民风民俗不断向恶俗前进，攀比和奚落，让村子失去了固有的朴素，尤其是婚丧嫁娶的排场，往往使一个并不富裕的农家陷入困境。这样的事实何尝不是残酷的抗争？这样的事实也胁迫着所有兄弟，吃苦耐劳的同时，还要做出虚假的富裕模样。若非亲眼所见，几乎很难相信。离开故土短暂的二十余年，我的故乡似乎已无法和自然纯朴、和谐安详联系起来了。

二十

媳妇在教育岗位上，素日忙得不可开交，侄女出嫁恰逢寒假，因而不存在请假的周折。那几天，她跟随着家族里的兄弟媳妇们日夜在厨房。许多食材都是现成的，并不需要深度加工，但厨房却是另一个天地。

我开玩笑问媳妇，兄弟媳妇们个个都是能手，你大概只能烧火了吧？

媳妇也笑着说，不仅仅是烧火，还要提水，倒泔水，洗菜，我在厨房，就是个苦命的丫鬟。

我想了想说，没有被排挤，就算不错了。

媳妇说，那倒也不至于。想了下又说，过完年要买件像样的首饰了。

我突然觉得很奇怪，不是说买不起一件首饰，是她自己从来不戴，说穿金戴银，并不是生活富裕的象征，而是俗气的表现，不知道她怎么突然就想要件首饰呢？

说真的，不太喜欢戴那些。媳妇说，你想想，家里还有好几个宴席要过，都逃不脱进厨房的命运。

我问她，和首饰有啥关系？

媳妇笑着说，你不去厨房当然不知道，我在厨房真是太丢人了。她们差不多在能戴首饰的地方都戴了。原以为工作的人宽裕些，结果我连一件像样的首饰都没有。

我说，你在乎她们的嘲笑？

媳妇说，不至于，不过在那个场合觉得有点寒酸。又说，你知道吗？好几家都在县城买了楼房，看来这是大趋势，如果没有车，没有楼房，将来孩子们都找不到媳妇呀。

媳妇漫不经心地说着，可字字句句如刺扎心，五味杂陈。

村子真的已不是当初的村子了，看着表面光鲜且建筑统一的村子，谁看透了隐藏其内的败象？是人心不古，还是世风日下？每次逢年过节来村里，遇到长者或同龄人，我会拿出烟，让给他们，但也免不了会遇到尴尬场面——这两年工作的人都戒烟了，你还抽呀？虽是玩笑，而隐藏其后的依旧是面子问题。你能理论吗？或者大打嘴仗？只能笑笑，不能深究。嘴在别人身上，挖苦几句倒也无大碍。因为我们是从小一起长大的兄弟，半斤八两早已熟稔于心了，何必为一句口头之快而伤及彼此的情面呢。

媳妇接着说，村子里盖一院房其实特好，楼房对常年劳动且没有固定收入的人来说，并不是最好的选择。媳妇怕伤及我的面子，话说得很委婉，但所言极是。我知道家族里好几个兄弟都买了楼房，可居住的日子少之又少。过完年，或去遥远的电子工厂，或在山间地头，除了还房贷，而房子本身还会产生一部分费用。我还知道，好几家因为交不起暖气费而停了暖，结果房子和冰窖一样，无法安稳就寝。回到乡间小屋，热炕暖火里，却怎么也快乐不起来。买车的情况何尝不是如此？

兄弟们最疯狂的也就过年的那段日子，开车去酒吧，抽好烟、喝好酒，出手大方，潇洒自如，接下来却要用整整一年的劳动去填补。并非恶意中伤，事实上我的兄弟们已无法抽身回到从前，只好寄希望于孩子们。村里有学校，可学生寥寥无几，都一窝蜂般涌到县城去读书，所耗人力精力绝非金钱能算清呀。

快到侄女所嫁的县城了，大哥来电话，并给了我具体的地址。侄女要提前进婆家大门，我们被安排在县城宾馆，坐等第二天上席。

那天晚上，有人专门来招待。三弟之前说过，无论如何，都不能让别人说出闲话，想必他早给亲家安顿过了，因而那夜招待我们的酒席非常高档。前去送亲的家族里的兄弟和亲戚们都很高兴，好几个喝得不省人事，还有几个趁着酒意去了酒吧，媳妇们早早溜走，在陌生的街头和商场充当有钱的购物者，回来之后，却无限感慨——宁做城里的狗，也不做乡下的人。

第二天早早就有人来唤，吃完早点，各自回房，男方家开席的时间是中午十二点半，我们只好等候。

休息了一夜，依然感到疲惫，吃完早点，回来躺倒在床。刚要睡着时，媳妇来了，她笑嘻嘻拉起我，说有重要的事情。还能有什么事情？我知道昨晚她和兄弟媳妇们去逛了大街和商场，无非是买了新衣服，或者拣到了什么便宜东西。

我慢慢吞吞起来，又洗了一把脸，倒了一杯茶。房间里的音乐突然响了起来。这家宾馆是新装修的，全是智能化设备，入住酒店，打开房门，插上房卡，音乐会自动响起，窗帘也会自动拉开。酒店客房智能化极大地提升了宾客入住的体验，也提升了服务效能，已经屡见不鲜了。

昨晚几个兄弟过来要打牌，我婉言谢绝后，便去了大哥房间。二弟和三弟也过来了，我们拉了一阵家常，也商议了一下第二天入席的事情。各地风俗不同，还是提前做个准备，万一让新娘端盘，无论如何都要放个红包的。别人无所谓，可我们不行，因为是父辈。

半夜有人敲门，是三弟媳妇的侄儿，他说都休息了，不好意思打扰，还说，估计也只有我才能解决。我很不情愿地披衣随他出了房门，原来是房间里音乐声太大，无法入睡，可又关不掉，特意来央求我。心里有股说不出的烦恼，就这点事儿半夜来敲门？但又不由自主笑了起来。我说，你不会对着天花板喊一声关掉音乐吗？三弟媳妇的侄儿满脸质疑，用失望的眼神看着我，然后很无奈地摇了摇头，我便喊了一声——请关掉音乐，吵闹的乐声果然停止了。他突然兴奋起来，说，早知这样，就不来叫你了。我又说，你拔掉房卡也是可以的。他笑着说，手机要充电，拔掉房卡就没电了。

出了房门，我听见隔壁几个房间还在吵闹。为避免再次被他们拉进去，我几乎是偷偷摸摸溜进自己房间的。可是已经没有了睡意，喝了几口水，就那样在宽大的床上滚来滚去。

媳妇见我不说话，便说，别以为只有你一个人没休息好？

我说，你们早早逛街去了，难道还没尽兴吗？

媳妇说，我来得早，陪不了那么久。她们从东头逛到西头，逛遍了县城所有商场，一件衣服都没买。又说，一条裤子三百多，人家是品牌店，也正常，可是她们不相信，硬说专门坑乡里人，结果双方都不开心，甚至争争吵吵，骂骂咧咧。

不是很有钱吗？我说，你跟着凑啥热闹？

媳妇很不高兴地说，不去行吗？人家那么热情叫我去当参谋。我一回来就睡了，差不多半夜，堂弟媳妇一进房间就质问，说她们在隔壁房间，我为啥不和她们一起聊天？我说困了，洗了个热水澡，就睡着了。不说还好，一说后，她更不高兴了，说早知这样就不应在家里洗头焗油。还说不洗白不洗，反正不要钱。抱怨了一阵，又开始洗澡，吹头发，一来二去，就到后半夜了。

我笑着说，那你在这里休息一会儿吧，时间不多了，等会儿去入席，别像霜打过的白菜一样，蔫头耷脑的。

媳妇说，算了吧，忍忍就过去了。又说，我特别佩服，她们的精力太充沛了，早上天没亮就起来了，又是焗油，化妆，一个一个房间都串了过来，我也只好起来了。

还化什么妆呀。我说，又不是去面试。

媳妇说，我不敢说啥，但还要赔着笑脸，要说漂亮，好看。又说，不化妆还好，化妆后，反而有点不自然，原本红润的肤色变成了皖白，和木偶差不多了。

我笑不出来了。乡村和城市早就成为不可分割的整体，它们之间的关系也由最初的分离成为相互滋养，物和物之间的交换进行得无比顺畅，而转接到人和人之间，依然显得一方盛气凌人，另一方格格不入。努力融入而受其排斥的根本不是环境，而是对立着的心灵深处的自我卑微。日子在光阴中流转，可我的兄弟姐妹们并没有认识到，城乡的接连与融合，从来就不靠脸蛋和衣着。

大哥来叫我们，说有客车来接，大家一起去，显得整齐。等了半个小时，我有点不耐烦了，已经快到中午十二点了。三弟又到每个房间一一去叫，之后才陆陆续续下楼。看上去个个像王公贵族，穿着华丽，油头粉面，早已失去了自然和本真。我坐在前面，不敢向后看，像个委屈的孩子，又似受伤的野兽，心里压着一股莫名的羞辱和愤怒。

车子驶出县城，拐向村子的入口，我听见了他们又在议论，说从村里出来，又进了村子。还有人说，一整夜没合眼，音乐声音太大，太吵人了，啥破房子……

听着他们的议论，我想，自古以来，有故乡的人都在寻找故乡，几十年后，我们的故乡会在哪儿？不过令人欣慰的是，侄女婚事的这段日子里，我听到兄弟们谈论最多的是孩子们的上学问题，以及如何让乡村变得和县城一样美丽的话题。

下篇

二十一

算起来，我们唯一的相聚就是胡林生决定移民疏勒河的前几天了。胡林生喝醉之后伤心欲绝，他说以后再也不联系，兄弟之情算是到头了。他说那些话的时候，没有告诉我和李福到底为什么。仅仅是因为偷了一捆豆子而辍学觉得丢脸就要和我们断绝结拜之情？还是因为李福的瘸而备感歉疚？亦或是因为我有份工作而让他感到我们不在一个层面上？这似乎成了一个秘密，这个秘密藏在心底，谁都没有重新提起过……

这段文字写于2017年，所言却是十几年前的事。2003年胡林生决定自愿移民河西疏勒河，之后好长一段时间杳无音信。2005年春节，胡林生返回家乡，可聚散的日子过于匆忙，春节还未过完他就回去了。那次他返回家乡似乎只为一件事情——处理旧房子。我二弟对胡林生的老院子觊觎已久，胡林生最后还是将老房子处理给了我二弟。那段时间我一直处于忐忑之中。

胡林生、李福和我，当年是结拜过的兄弟，后来胡林生去了遥远的河西移民区，李福因腿脚不便而命丧工地。但在现实生活面前我们却是各自分散，已经难以说清是怀念还是感恩。更难以说清是少年时代的纯真还是中年成熟后的感慨。总之，一切都似乎背离了当初的意愿，而一切又都在继续前行。

二弟接手胡林生那座老院子后，立马大兴土木，为他大儿子兴建家园。胡林生将老房子便宜转手给二弟，自然是顾全了兄弟情谊。在那件事情上我很感动，也觉得有点难为情，后来为弥补二弟假借我名义一事，我给胡林生寄了三千块钱过去，同时还以二弟的名义给他写了一封信，信中简略地说明了两点：一是老房子原本可以高价卖给别人，但你留给了我，我们一家感激不尽；二是你移民他乡，手头拮据，这是我的一点心意，希望不要拒绝。

时间过去很久了，胡林生那边没有任何消息。我不好打问，便想让一切随缘吧。我们虽然正值青年，然而青年时代的那种洒脱早就不存在了。光阴留给我们的只有那些美好的记忆，是此时此刻满腹的酸涩与无奈。

二弟盖好房子后给我来了电话。不管怎么说，也算是家里的一件喜事。新房盖好后的第三天我回老家了。一家人吃完饭后，嘻嘻哈哈围坐在一起，二弟更是喜笑颜开，原先对我不冷不热的那种态度也消弭于无形，换之而来的却是极不自在的殷勤和夸赞。突然间，我有了某种预感——这当中一定有故事。等大家入睡后，我拐弯抹角从父亲口中得到了可靠的消息，胡林生果然将钱退回来了。

第二天，跟父亲说了一声我就走了。

从巷子里走出来，我的眼中溢出了莫名的泪水，找不到任何理由。我想，这片土地大概也要遗弃我了。到底是它遗弃我，还是我遗弃它呢？一切都不重要，重要的是兄弟之情于尘世间能否天涯若比邻。重要的是只要我们好好活着，再也不要去陌生的地方孤独了。

和胡林生失联整整十五年了。十五年来，大家都在油盐酱醋茶里摸爬滚打，都在光阴的这辆大车上彳亍前行。偶尔想起往昔，记忆之伤痛在内心稍有停留，之后便又被活着的琐碎肢解成深秋的枯叶，随风飘散而无迹可寻。

十五年来，我换了几个单位，可我不知道胡林生在戈壁深处过得好不好。打问不到他的详细消息，常驻心头的唯有茫茫荒漠和卷地而起的风沙，它们强大而肆虐，给我生长着葱绿的梦想涂满了无尽的荒凉。不知道积压心头的是怀念还是难过，但少年时代结拜兄弟之间的那种豪气与纯真一直还在。围绕在身边的那么多的人与事，已经让我在光阴中找不到足以让生命兴奋、让生活充满激情的渴望与冲动了。我想我应该去趟河西，遥远的河西还有我的一个好兄弟——胡林生。毕竟年过不惑，相聚的时光在岁月深处只减不增呀。

胡林生自愿移民河西，再具体一点，是河西走廊的疏勒河。河西地域辽阔，它不是某个特定的地方，而是代指甘肃西北部和内蒙古西部地区，东起乌鞘岭，西接新疆，北连大漠，是一个东西长达一千多公里，南北宽仅四十至一百余公里的狭长地带。祖国幅员辽阔，我只知道我的兄弟在河西走廊的疏勒河，却说不清具体的位置。九甸峡工程启动之后，洮河下游很多村子成为库区,原先居住这里的人家均已搬迁。2007年10月25日，《甘肃省民政厅关于九甸峡库区移民瓜州县安置区设立广至藏族乡的批复》同意九甸峡库区移民瓜州县安置区设立广至藏族乡，这是我所知道的较为详细的信息。

兰州到瓜州慢车需要十三个小时，动车差不多八个小时。我查询了多种出行的方式，也打问了河西的好几个朋友，最后选择从兰州飞敦煌，然后从敦煌租车去瓜州。

三伏天的敦煌酷热难耐，前胸后背被两个大包包裹着，出了航站楼，还未到站前广场，就感觉两腿发软，眼冒金星。在敦煌的一个宾馆里睡了整整一下午。傍晚时分，气温渐渐降了下来。宾馆门外空荡荡的,只好打车。出租车司机带我去吃面食，中途一直跟我说敦煌的各种旅游项目。

司机说，既然来了，就去看看月牙泉吧，还可以骑骑骆驼；又说，现在不热了，坐个滑翔机，就可以看到大漠的全貌。

我说，不去了，月牙泉估计没有甘南的尕海湖好。

司机说，尕海湖？没听说过。

我说，湖总比泉大吧。

司机说，大不一定好。又说，各有各的好吧，我的意思是你既然来到敦煌了……

我打断司机的话说，看惯了草原的碧绿，怕是对沙漠不适应，眼睛会疼的。

司机笑了笑说，莫高窟说啥都要去吧，不过现在票不好买。

我说，也不去了。

司机问，那你来敦煌干吗？是来看人造太阳的？

人造太阳？这是第一次听说，但我还是拒绝了和他继续聊旅游的话题。我说，我去瓜州看个亲戚。

瓜州近，一个多小时就到了。司机说，要不我送你过去？

瓜州县广至乡你知道吗？我问司机。

司机说，没进去过，但知道，就在314省道边上。

多少钱？我问司机。

司机说，打表，是多少算多少。

那就算了，仅仅送到瓜州还不行。我说，因为行程不定，可能要住，需要包车。

司机说，包车倒还好，一天三百不多吧。

一天三百的确不多，至少比甘南便宜。我说，那就这么说定了，你明天早上来接我。

我们没去市区，在距离宾馆不太远的地方找了家面馆。吃完后互留了电话，司机继续忙生意去了，我沿街道走了一圈就回去休息了。

事前没有说要走低速路的，当然我也不知道这里的低速路全程限速。出发前只吃了一碗牛肉面，到中午时依然不见瓜州的影子。

我问了司机，怎么不走高速呢？

司机说，高速到瓜州县城才能下，从瓜州县城到广至乡要原路返回，那样就更远了。

我没说什么，不过也好，慢点开还可以多聊几句，也可以看看沿路的白杨树。

中午时分我们到了广至乡的路口。因为疫情原因，路口有人值班，我们只好登记再进。

值班的三个人都是老乡，彼此间一张口就都听出来了。

其中一个男的问我，你是甘南的？

我笑着说，说甘南太大了，我是临潭人。

啊？那人似乎不相信，说，我怎么没见过？转过头，又问其余两个人，你们见过吗？

我依然笑着说，我不住广至乡，我是来看我兄弟的。

怪不得面生呢。那人也笑着说，住在广至乡的临潭人谁不认识谁呀？又问，你兄弟是谁？

胡林生。我说。

不认识，没有叫胡林生的，你记错了吧？这里全是临潭过来的移民，要不你再去打问一下？或许在别的地方。又说，沿路一直进去，靠右的是临潭村，靠左的是岷县村，最里面的是新堡村。在临潭村我差不多挨家挨户打问过了，他们都不曾知道胡林生这个人。我有点失落，猜想着胡林生当年是否真的移民到这里，是否还在这个尘世。

从临潭村出来，我的心情十分糟糕。坐在地埂旁的一棵杨树下，我想着接下来应该去哪儿打问关于胡林生的消息。

兄弟，我想起来了，你打问的人或许在沙河乡。说话的是位中年老乡大哥，我刚从他家出来。

沙河乡？我问他，沙河乡也有临潭移民吗？

那位老乡大哥说，广至乡全部是九甸峡工程整村移民过来的，自愿移民过来的都在沙河乡，那里人杂，甘南、定西、陇南、临夏、武威等四路八乡的人都有，你去那里找找吧。

我还想问问有关沙河乡的具体的信息，可惜那位老乡大哥也一无所知。老乡大哥见我如此诚心诚意，便邀我去他家喝口茶。说实话，茶并不想喝，只想吃饭。刚才在他家的时候恰好是饭点，人家也没有要让我们留下吃口饭的意思。我谢绝了那位老乡大哥的心意，亲不亲家乡人，难得他还追赶过来，告诉我沙河乡的信息，已经很好了。

突然记起了有一个同学在县政府上班，他对当年移民的情况很清楚。于是我打电话过去。他告诉我，胡林生就在瓜州县七道沟。打开手机地图，七道沟果然就在沙河乡附近。

赶到瓜州县城已经是下午一点半了。吃饭期间，司机笑着说，老乡找上门来，都不管个饭，人情真单薄呀。

我知道司机有意取笑我了，也或许他比我饿得更厉害吧。我也笑着说，以前不是这样的，不知啥原因，移民到河西就变了。

司机看了我一眼，略显尴尬，之后我们都笑了起来。

记忆力衰退十分严重，凡事都需要在本子上圈圈画画，再后来就将重要的事情直接记在备忘录上，时间到了，闹钟就会响起来。这不，饭都没吃完，闹钟就开始叫了——需要打疫苗。

上半年去体检，发现乙肝无抗体。健康的事情谁敢马虎大意呢？乙肝疫苗的接种必须准时，今日此时距离第一次接种刚好一个月，我立马给社区医院的朋友打了电话，他让我找瓜州县社区医院，还说我的疫苗记录都在网上，在哪儿接种都是一样的。

吃完后，我和司机找到了社区医院。接种好疫苗后，医生说要等半个小时才能离开，而且反复叮嘱七日之内不能喝酒。其间我也问了医生，他对沙河乡也不甚了解，只说距离远，在七道沟里，是新成立不久的乡镇。

没有等到半个小时，我就离开了。因为路途遥远，天黑前如果找不到胡林生，还得返回来，时间是多么珍贵呀。

二十二

不知走了多少路，转过了几道弯，昏昏欲睡中，一个刹车将我晃得彻底清醒过来了。我从来没有见过如此浩大的荒漠，天地苍茫而辽远，草木单薄而飘摇。车子在一条笔直的公路边上停了下来，有点头疼，下车后又被团团热浪包围起来。和司机并排在路边撒尿，尿落到沙粒中，瞬间就不见印迹了。

我取出香烟，递给司机一支，然后靠在敞开的车门使劲地抽了起来。

你要找的是亲兄弟吗？司机突然问我。我说，不是。司机说，有这个必要吗？我说，没有必要就不来这里了。司机说，上车吧，时间不早了。又说，你帮我打开导航。

坐在车上，拿过司机的电话，发现他的手机打不开导航，而我的手机只有一格电量。

我说，你的电话没有网络呀。司机哦了一声，说停机了，昨天晚上有提醒，早上忘记缴费了。我说，先帮你缴费吧。司机说，好，出门这么远，电话一定要保持畅通。

从地图上看，到沙河乡不过五十公里，但走起来依然漫长得无边无际。令人欣慰的是，这边的树木渐渐多了起来，田地里也有了绿意，不像广至乡，荒芜得令人心疼。

这条路也限速吗？我问。是的，这里到处限速。司机说，车后面有水，喝吗？不早说。我笑着说，快要渴死了。

司机停下车，取了一瓶水递给我。水热乎乎的，很难喝，但我还是一口气喝完了。刚喝完似乎就有了尿意，站在路边却又尿不出来，腹胀感十分明显，难受极了。

应该快到了，我看见了不远处的村子。

司机说，真是太远了，没有导航的话肯定找不到。你跑这么远来找人，说不定人家都不记得你了。

怎么会呀？几十年的兄弟了。我说，模样如何变，心是永远不会变的。

移民到这里不容易呀。司机说，不过肯下苦（方言，苦力、苦功等意），这里就不缺土地。

土地从来不会骗人，不肯下苦无论在哪儿都是一样。我又说，这里和广至乡不一样。

司机说，是的，这里明显要比广至乡好些，能长芦苇，说明湿气大，水分足。

眼前不远的地方果然生长着一片芦苇。高原上是很难见到芦苇的，就算有也是很小的那种。

这是我目前见到的最大的一片芦苇了。或许还不到季节，也或许季节已错过，整片芦苇并没有毛茸茸的芦苇花，顶端反而有点单薄，摸上去也没有棉絮柔软，但看起来十分恬静、淡雅，摇晃中透满了灵气，在阳光的照射下不断闪耀着、变幻着色彩。

世人喜以芦苇花自喻，说什么素洁、飘逸、高雅，实际上芦苇最大的特点就是柔中带刚，满含傲骨，柔顺中全是刚强与坚韧，这种柔韧能醉倒秋风，能融化风沙。胡林生在哪里？胡林生就在这个地方，我的内心突然涌起某种莫名的激动。当年我们在小房子里结拜时的豪言壮语犹在耳边，用烟头烫在手臂上的疤痕已扩散成一小片细肉，那片黯黑的、光滑的细肉此时又牵动了我的神经。少年的情怀呀，少年的情怀里灌满了纯洁，少年的情怀给予了我们一生与命运抗衡的决心，少年的情怀也让我们的理想在荒漠上埋下了一颗成熟的种子。然而大家活在现实的日子之中，却都忘记了少年情怀所寄予理想的美好与憧憬。来到尘世，就一定要好好活着，为了自己，也为了世界上所有的温暖和希望。可是此时的胡林生在哪儿呢？他会不会也像这些芦苇一样在这片土地上生长？因为我俯视其底部，并没有看到水分，看到的依然是坚硬如钢铁般的黄沙。

这里的确不缺水，因为这里是疏勒河灌溉区，然而自然降水量还是少得可怜。当我们转过一个拐弯，继续在笔直的大路上奔驰时，才知道这里是双塔镇新华回族村。车辆进入村子，无形中缓慢了下来。公路穿村而过，并不宽敞，也没有行人。快到村子尽头处，才看见一位中年大叔，他正在门口扬一堆鲜艳无比的枸杞。堆积起来的枸杞和老家堆在大场里的青稞毫无二致，而且这位中年大叔扬枸杞的动作也和扬青稞完全一致。

我下车向这位中年大叔打问了一番，他一听我的口音，就放下手里的木锨，张口第一句话——你是哪里人？又遇到老乡了。中年大叔是陇南礼县人,陇南和甘南相邻,是亲戚也是邻居，千里之外能遇到同饮一条河水的人，说成老乡不足为怪。

中年大叔很诚恳，他一边介绍枸杞，一边穿插着讲述当年移民的情况。

他说，双塔镇也是新建移民乡镇，这里安置了来自永靖、礼县、和政等处移民两千七百多户。他们一家过来快三十年了，当年孩子小，现在孩子的孩子都大了，孩子们对家乡都没有了概念。又说这里宽阔，不像老家山大沟深，来这里后，眼界宽了许多，庄稼人嘛，肯下苦，总是有收入的。

我问他，枸杞收入怎么样？他说，一年有二十多万，前来收购的贩子很多，但我们都不卖，我们有自己的销路，也有稳定的客源，还有网店，都是回头客，因为东西太好了。我笑着对他说，移民过来，生活能发生本质的变化，这就对了。实际上我对他赞誉有加的枸杞并没有多大兴趣，令我内心无限喜悦的是，我知道从新华村到沙河乡只有二十多公里路了。

离开前，我从中年大叔那里买了几袋枸杞。并不是承认他的枸杞有多么的优良，作为老乡，我太清楚家乡人的性情了——宁可袖里藏刀，但面子一定要给足，不给面子就等于看不起兄弟。

终于到了沙河乡，满大街全是老乡，但我并没有感受到老乡见老乡的那股热情。相反，他们所表露出来的是质疑，是冷漠，是不可一世的孤傲和自大。到沙河乡我没有急于打问胡林生的消息，因为我已经知道沙河乡的移民情况复杂，甘南那么大，就算是同一个县上的也并非全部熟识。

沙河乡还有我的一个同学，这一点我在来沙河乡的路上就已经确认了。他是2004年过来的，当年读初中的时候我们在同一个班级，初中读完后，他就去学医了，毕业后便在老家当村医。我们见面的次数极为有限，学校放寒暑假我才能回老家，一切都显得匆忙而无序，兄弟们未曾聚齐，又要返回学校。对他的记忆，还停留在上初中，甚至小学时的那种美好回忆里。他家境很好，祖上出过先生，家里藏有许多古书，还有好多连环画。那时候的初中很悠闲，只有语文、历史、代数、几何、青少年修养等几门课程，除了按时做完作业，其他充裕的时间都浪费在荒山野岭了。读课外书就读连环画，读连环画算是做得最正经的一件事儿了。他家的连环画都是整套的，《说岳全传》《薛刚反唐》等上百本，看一次五分钱，积累下来数目也是相当可观的。可是大家都缺钱，家里人给的学费、书本费、作业本和墨水的费用都是核算好了的，从中根本抽不出一毛钱来。我们爱他，也恨他，甚至动过联合起来收拾他的念头。眼看钱是无法收回来了，他就表现出无限的宽容和豁达——让我们替他背书包。我们都是走读生，十余公里路，一天跑两趟。说起来，他还是很坏的，当年我们的书包并不大，就他的书包最大。我们按每天的课程表带书本，就他带齐了学校里发的所有书本。要想看连环画，只能替他背书包，毛驴驮着骡子的活，然而大家都是自愿的，这一切对少年时代的我们而言，根本不懂得啥叫劳累，只要内心高兴，割一块肉也不过如此。初中毕业之后，大家走散了，有的挖矿，有的放牛，我去县城读高中，他却去学医了。老家是没有出过大夫的，因而他从卫校一毕业就成了左邻右舍眼里的名人。然而那样的好景并没有持续几年，后来我听说，他自愿移民不为其他，就是想离开家乡，不愿和故土上的乡亲们打交道，究其根底是因为乡亲们欠账太多，致使他的药店彻底关门。

当我确定他在沙河乡的时候，我就打问关于他的消息。他和胡林生邻村，打问到他，自然就能打问到胡林生。

沙河乡有五个村民小组，他就在沙河村。在沙河村他同样是众所周知的名人，因为他没有放弃他的职业，也只有那份职业，才令他在沙河村有了让人尊崇的地位。我打问到了他，可是没有见到他。他的药店在沙河村，由他媳妇看管，而他却在西点坐诊，要等到很晚才能回来。他媳妇知道的似乎并不多，对胡林生这个名字也很陌生，她只好求助他了。

沙河村很宽阔，原本这里就不缺土地。学校放假了，校门紧闭。劳动的人们陆续返回，街面上的电动摩托车多了起来，饭馆门前人头攒动，饭菜之味也弥散开来。我就那样漫无目的地走着，似乎失去了方向，完全是个游手好闲的浪子。算算时间，我和胡林生离散十几年了，这期间几乎没有联络。光阴是最无情的，在光阴里，我们不断成熟，少了稚气而多了沧桑，少年时代的心情也成了一幅幅令人伤感的画面，它尽管记录过许多难忘的事件，可毕竟成了过去。二弟接手胡林生老院子的事，我一直心怀歉意。胡林生自己的生活也有了新的变化，他的孩子和媳妇不知道回来了没有。倘若见到胡林生，我该说些什么呢？我们会不会形同陌路，或者一言不发而潸然泪下？司机开着车跟在后面，快到村子尽头的时候他摁了几声喇叭。司机开始提醒我，天色已近黄昏了，接下来该何去何从？

我不得不再次给我的医生同学打电话。电话里彼此语气平淡，言谈平常，没有丝毫惊奇与欢喜。他告诉我，胡林生就在沙河乡东点，沿中点向东走，三公里就到了。我根本不知道哪里是中点，哪里是东点，向东走三公里，也只好如此。

车开得很快，一眨眼就到了另一个村子——临河村。临河村很齐整，村口有牌坊，上面写着该村的基本情况和村规民约。没等我下车打问，就有人前来拦车。拦车的是一个长头发的年轻人，年轻人显得十分焦急，他说，你们去敦煌吗？带上我，多少钱都行。我说，我们刚从敦煌来。年轻人说，敦煌的出租车，怎么不回敦煌？我说，我包车了，今晚是肯定不回去的。年轻人“哦”了一声，显得很失望。

我不好问年轻人遇到了怎样的烦心事，更不便安慰，但我必须打问到胡林生的消息。我问，胡林生家在这里吗？

年轻人说，前面第一个巷道左拐，然后再右拐，第一家就是。

左拐右拐，终于到了，深绿色的铁门上挂着一把锁，我的心立刻沉了下来。整个巷道极其安静，夕阳里，我的身影一下子变得孤独起来。我发疯般地敲了几下门，大喊了几声——胡林生！

“吱呀”一声，对面有人开门出来了。同样是个年轻人，他说，胡林生放水去了，晚上就回来了。又问，你是他家亲戚吗？我说，是亲戚。年轻人说，我帮你打个电话。

电话里年轻人的声音很大，他说，你家来亲戚了，门锁着。打完电话后，又说，就来了，胡林生弟弟就在前街，开个小卖铺，很好找。说完之后就“哐当”一声关门进去了。

胡林生还有弟弟？我的内心有点茫然，原地等待看来是唯一的办法了。胡林生家对门的这位年轻人肯定也是老乡，可他没有招呼我们进门，“哐当”那一下关门声，真的关疼了我的心。

太阳走得很快，一会儿就隐入遥远的戈壁底线。我看了看时间，二十一点十三分，家乡的这个时间人们差不多都该休息了，相隔千里，时间的长短竟然有着如此大的差异。

铁门锁着，但被太阳炙烤的温热并没有退减下来。我摸了摸那把锁，锁还是温热的。门前有不大的荒芜的两方花园，唯一种了一棵桃树，上面挂满了桃子，那些桃子似乎也在等待着主人归来。

二十三

他穿着橘红色的短袖，挽着裤管，右手提着镰刀，刃口朝里，左手随步子的节奏来回甩动，步入巷口几乎是小跑着的。

哪个贼剁的，不早点来，这么忙天里，天塌了吗？还未到我跟前，我已经听到他的声音了。是他——我的好兄弟胡林生，他说话一贯都是骂骂咧咧的。见到胡林生了，几十年前的那些事又忽地出现在我面前——小的们，将驴缰绳拿来。胡林生一手叉腰，一手向天边挥去……还有那年夏天村里女孩子们欢快的笑声，和她们制造出的最美丽的抛物线……少年时代的纯真里裹挟着的难忘记忆再次被剥开。那年春节，他借探亲来处理老院子时的沉重话题同时也涌上心头，我的眼睛瞬间就模糊起来了。

胡林生站在我面前，他认不出我来，或是不敢相信我会突然出现在他面前。我们面面相觑，哑言无声，彼此似天涯旅客一般，似曾相识而又不敢放肆言笑。这样的情形我早就想到了，然而在情急之下，我始终没有想出如何去化解这种情形的方法。

天色渐渐暗了，我端详着胡林生，他的额头黑得像锅底，而脸蛋却犹如扑了胭脂一般红润，胳膊也成了两截黑白分明的木桩，提在手里的那把镰刀装饰着他的威武，也透露出他的野心和辛苦。

胡林生，你还好吧？我轻轻地问。

轻轻一声问候似乎打破了我们之间的尴尬，或是心灵里某种不能沟通的暗渠。就这样，我们又从记忆里一下回到现实中来了。

胡林生狠狠地捣了我一拳说，你是鬼还是人？

我说，是人，鬼找不到临河村的。

胡林生突然大笑起来，说，想了半天，还以为是哪个亲戚，再说也没有啥亲戚了。给甘草放水呢，顺便砍砍葵花，都没来得及收拾，就跑过来了。

我说，那先收拾好，别耽误你的活儿。

胡林生说，你就别拿我开玩笑了。又说，也好让你看看我的甘草地。

司机一直靠在车门抽烟，干咳，听我们说话。胡林生开了门，对司机说，你去屋里休息，当成自己家就行。

我和胡林生走出巷道，过了一条马路，将脚踏进了余温未退的沙子地里。这段路上谁都没有说话。临河村的夜晚不是很黑，天空反而透亮，夜空下，一排一排钻天的白杨愈加高大而整齐，不远处的村舍更是安静而俨然。

白杨都这么大了，都可以盖房子了。胡林生突然感慨地说。

这么多年，岁月都老了。我说。

这些白杨都是我们种的，真可以盖房了。胡林生说，当初这里全是茫茫戈壁，没有树木的影子。

边走边说，白杨在身后站成一排威武的将士，它们和辽远的天空融成一片，掩映着更为辽远处的明亮的圆月。我们避开一团一团干燥而坚硬的骆驼刺，走进了葵花地里。葵花砍了一半，被砍的那一半葵花秆直直立着，而剩余的一半都低着头。田地不同于大路，田地里有虫子的鸣叫，也有葵花秆被我们踏倒时发出的咔嚓声响。被砍的葵花将脸埋在大地里一动不动，看不到它们的表情，也听不到它们的声音。

胡林生说，回吧，明天收拾，看不见了。

我说，不是还在放水吗？

胡林生说，媳妇看着，我们过去也应该差不多了。

我没出声，因为早些年胡林生说过关于他媳妇的事情——我没儿子，媳妇都跟别人走了，想生个儿子的机会都没有了……

胡林生见我不说话，又说，当年怪我脾气坏，错怪了人家。那一年，她一直在新疆，春天帮人家种甜菜，秋天摘棉花，立冬后回来了，不是丫头的面子，而是她肚子里已经有了我的儿子。过日子需要的是心平气和，多了猜忌和怨恨，日子就不会安稳。儿子已经十六岁了，在酒泉上暑假补习班，我就是吃了没有好好学习的亏，如果当年稍微努力一下，也不至于到这里来开荒。丫头自己不念书，初中毕业后就嫁人了，他们在青海开办了一家装潢公司，挺不错的。再说了儿孙自有儿孙福，过日子并不是钱多了就幸福。现在就一心想让儿子念书，该做的、能做到的我都做了，念到啥程度，也只能靠他自己了。如果天生不是念书的料子，我们钻到肚子里也是枉然呀。

胡林生的一番话说得酣畅淋漓，我内心的担忧和遮掩也随之烟消云散。毫无顾忌，就可以无所不谈。就这样，我们一下子又似乎回到了几十年前。

出了葵花地，沿沙路继续向东，约莫半小时，就到甘草地了。地里黑乎乎一片，看不清楚。我知道甘草地里放水，因而不敢乱动。

路边停着一辆三轮电动摩托车，胡林生拿起摩托车边上的铁锨，将水渠堵住，然后又扒开另一条水渠。之后上了车，让我和他并排坐在前边，随手打开了开关，车灯立刻照亮了前行的路。

还不醒吗？胡林生说，我开了。

不用说，车厢里一定是他媳妇，大约是劳累了一天躺到车里睡着了。

我们没有回家，而是开出了村子。十几分钟后，到了一家饭馆门口。胡林生下车后朝车厢踢了几脚，他媳妇从车厢里爬起来，迷迷瞪瞪地说，亮了吗？

饭馆里人很多，看来很多人也是刚刚从地里回来。胡林生媳妇很腼腆，她望了我一眼，只是露了露笑容，也没有显现出惊讶的样子，一切很自然。饭馆是陇西人开的，老板娘十分开朗，不大的饭馆里全是她爽朗的笑声。

生意真不错。我说。

胡林生说，只有这家才能吃到和老家一样的炒肉面片。

炒肉面片的味道果然近似老家的味道，除了三大盘炒肉面片，花哨的老板娘还端来了一大盘卤肉。

我说，太多了，吃不完。

老板娘说，多啥呢，才两斤，别人都是四五斤地吃呢。劳动了一天，要吃好。吃不好，怎么干活？

我笑着说，真多了，剩下可惜。

老板娘说，这才是起步的斤头，吃不完不知道带回去吗？

我依然笑着说，啥叫起步的斤头？

老板娘哈哈大笑说，就是两斤以下不卖。

我说，那要是一个人呢？

老板娘说，我们这里的人吃肉都是两斤起步的。

我说，我可吃不了。

老板娘说，你不是这里人吧？要入乡随俗，否则人家看不起你。又笑着说，来看亲戚的？

我说，来看兄弟的。

老板娘说，贩枸杞的？

我说，像老板吗？

老板娘说，像教书的。

我说，你怎么知道？

老板娘说，哪有你这样的老板？

我说，老板长了三头六臂？

老板娘又发出爽朗的笑声，说，那倒没有，至少是油嘴滑舌，拣让人高兴的话说，更不会嫌两斤肉太多。

我注定是个教书匠了。老板娘真是个巧言令色之人，在众多顾客间穿梭，也不耽误自己的生意。大家在笑声里吃饱喝足，摇摇晃晃各自回家，一定会睡个满足而踏实的好觉了。

晚上十一点，吃饭的人们渐渐散去了。和家乡有一个多小时的时差，真还有点不习惯。我和胡林生漫步在大街上，他媳妇开着三轮车，慢慢悠悠地跟在后头，车上放着一盘肉。夜空依旧辽远，白杨树依然挺立，星星看不到，天气也凉快了许多，然而风却很尖厉，刮进眼睛里很不舒服，我的眼泪忍不住流了下来。

胡林生说，这里就是中点，我们住的地方是东点。

我说，明明是沙河村，怎么就成了中点？打问别人的时候都说东点西点，始终没有整明白。

胡林生说，兄弟们迁移到这里，起初人不多，后来就越来越多了。随着人口的增多，村组便不断扩展，最初的沙河村就成了大家心目中的中点了，后来扩展到东段的村子就叫东点，西边便是西点了。

我说，哦，原来如此。又说，这里不像家乡山大沟深，视野宽阔呀。

宽阔是宽阔，可心窄。胡林生说，那年我返乡，实际上就已断了后路，家乡没有啥值得挂念的了，那片土地不属于我。母亲的户口一直没有迁移过来，可母亲走了好几年了，她老人家的骨殖就埋在葵花地对面的黄沙梁上。

安稳下来了，一切会好起来的。我说，这里土地这么广，哪儿过日子还不是一样？

胡林生说，这几年条件好了，刚过来的时候不好，风沙一来，一天都待不下去，总想着往回跑。都是因为当年穷，嫌日子过得苦才来这里的。你不知道，我们过来的时候连房子都没有，好几个村子的人集聚在大队部或学校里，政府划了地片，给了钢梁、砖和水泥，房子都是我们自己建起来的，地也是自己开出来的。移民过来才知道，实际上这边比老家还要苦。胡林生停了一下，接着又说，现在好多了，想起家乡，真还有点模模糊糊，无论到哪儿，贫苦只是暂时的，一辈人之后肯定会富裕起来的。如果不下苦，哪儿还不一样？也是因为当年在家乡的时候我们都是青蛙，眼界太窄了。长期做青蛙，还不如做个癞蛤蟆，癞蛤蟆还时刻想着天鹅肉呢。

我笑着说，癞蛤蟆也没有啥好的，想吃天鹅肉，想得再多高尚，那也是一个天上，一个地下呀。

胡林生说，有理想，总比没有的好吧？又说，好多年没有回家乡，孩子们都不知道自己的家乡在草原，自以为出生在戈壁，戈壁在他们心底都成骄傲了。

快到临河村的时候，我突然想起司机还在他家里。虽然不是有意的，然而这样的做法就有点过分了。

我说，赶紧走吧，司机可能饿坏了。

胡林生也恍然醒悟，说，回去给弄几个荷包蛋，实在不行再来中点吃，别让人家凑合，更不能让人家笑话。

回到胡林生家时已经过凌晨了，房子里依然闷热，窗户全都敞开着，司机歪头耷脑躺在沙发上，鼾声如雷，推都推不醒。胡林生找了一条很薄的毯子盖在他身上，说，对不起了兄弟，你明天多吃点吧。

我知道他们明天还要去地里干活，不能再漫无边际地扯东拉西。我说，休息吧，明天我去地里帮你干活。

胡林生笑着说，干活就算了，陪我说话还是可以的。

我没有和胡林生一块儿睡，他也知道自己磨牙、放屁、打呼噜的那些坏毛病。厕所在后院，后院很大，有牛棚，也有狗窝，一切都保持了他老家老院子的布置。和老家房子不同的是，这里的住房采用了楼房的结构，相同的是每个卧室里都有土炕。

躺在土炕上，翻来覆去，迟迟没有睡意。月亮透过窗户照在炕上。偌大的土炕上就我一个人，我也感到了孤独。月亮很大，很圆，很亮。牛在后院，反刍的声音清晰可闻。狗跑出暖窝，叫声尖厉而响亮，我愈发没有睡意了。遥远处只有天空，天空没有一丝云雾，只是一片灰青色。

我想，我们都是没有家乡的人，然而却做不到彻底放下。家乡存在于每个人的内心深处，已经成了一个十分时髦的名词了。

二十四

胡林生家来了好几个人，都不认识，但都是家乡的兄弟。胡林生见我起来，便给我取来毛巾和香皂，指着门口的大缸说，水在缸里，先洗脸，再吃饭。

大缸里的水是热的，他们出门干活时将水接满，一天暴晒，缸里的水总是热乎乎的。洗脸也是两抹布的事情，洗完后，水倒在门外的花园里。门外没有行人，只有火辣辣的太阳。这样的天气出门真是受罪，然而眼下是摘枸杞的季节，容不得舒舒服服地待在家。

司机吃完早饭后就去周边溜达了，早饭是白面饼子、荷包蛋、咸菜、甜醅子，还有昨晚带回来的肉。茶是清茶，我喝茶向来不喜欢放糖，而胡林生媳妇偏偏要加糖，并且加了很多，说天太热，白糖泻火。胡林生在隔壁房间忙他的事情，因为村里人来了，我不好意思跑过去打扰。

胡林生媳妇说，怎么也想不到你会突然出现在这里，昨天都没敢和你搭话。又说，今天你们就待在家里，好好谝一天，这么多年没见啦。

我说，还想着去帮你们干活呢。

胡林生媳妇“扑哧”笑出声来，说，那活不是你干的，会晒出油来的。

我也笑着说，体验一下嘛，我摘的枸杞我回去的时候带走。

胡林生媳妇笑着说，哪能委屈你这个“大干部”？这么远跑来，还要自己摘枸杞。现在都摘三茬了，三茬枸杞和头茬相比，价钱都不一样，怎么能让你带三茬的回去呢？

我说，都是同一片地、同一棵树上的枸杞，怎么会不一样呢？

胡林生媳妇哈哈大笑说，龙生九子，各不一样呀。头茬价钱高，自然有高的道理，每年我们都会留点自己吃。你跑这么远的路来了，带三茬的枸杞回去，不怕人笑话吗？

黑枸杞呢？我问。

哎呀，黑枸杞到处都是，谁稀罕呢？胡林生媳妇说，让他给你慢慢说，今天就不出门了，太热了，你受不了，我们已经习惯了。

我说，他们在干吗呀？这么长时间。

胡林生媳妇说，对账呢。

对账？我说，他当老板了？

胡林生媳妇笑着说，他要是老板就好了，我就成老板娘了。都是村里的事情，忙得很，除了对账还要学习，手机看得眼睛都快麻了，而且还要去县里学习。

我听得一头雾水。她见我不说话，便又说，他是村委会主任，精准扶贫的钱打到卡上，人家要来对账，还有每天放水的钱，要挨个收回来，事情多得很。

当村干部了。我说，这不是好事情嘛，都拿工资了。

胡林生媳妇说，好啥呢？当这个主任他少干了许多活儿。多种些地，那点收入早就回来了。

村里总要有人为大家服务的，他可是读过书的人。我说，读过书和没读过书的人就是不一样。

胡林生媳妇笑着说，我没读过书，他读过书，家里尕大的活儿都看不见，沙发我收拾整齐了，不一会儿就被他弄乱了，一回来就像被猪拱了一样。

乱说啥呢？胡林生进来了。他一进来就拿起一个大饼子，狼吞虎咽地边吃边说，好好干活就对了，说这说那，不当主任行吗？村里那么多事情谁操心？

胡林生媳妇说，你就是野驴操着战马的心，许多人梦里都想当主任，你就是守住不放。

我说，好着呢，这边真比家乡好。

胡林生说，这贼婆娘就知道抱怨人，沙发就是给人坐的，你收拾好如果我不坐，客客气气的，那就成客人了，一旦成客人，家就是歇马的店，那样好吗？

胡林生媳妇说，赶紧吃吧，吃什么都堵不住你的嘴，就你们读过书的能说。

我们都笑了起来。现在看来，我最初的担忧纯属多余了。不过我还是情不自禁地想起过去。那年他回家乡的时候说起过家里的变故，那时候的他满带悲伤和失落，甚至绝望。然而绝望并不能抵制生活的继续，当然完全靠希望也不能支撑起日子，命运将我们带到不同的地域，带到不同的环境，靠的是自己的信心和努力。活下去，并且活得要比别人更好，同样需要自己坚定的信念和勇气。

吃完早饭后，胡林生媳妇就出门了，我和胡林生待在家里。实际上我也是坐不住的，可他不让我出门，说等到天气凉下来了再带我出去走走。

胡林生拿着电话去了门外，一会儿就有人来了。来人我是认识的，他提着两箱啤酒，看见我就露出十分惊讶的表情来。

哎呀，是老兄弟来了。那种惊讶转瞬即逝，之后便是发烟、开酒。

我太熟悉他了，但我不知道他就是胡林生的亲戚，说话间才理顺过来，原来他是胡林生媳妇堂舅的儿子。他叫党平安，家在老家邻村十里之外的另一个村子，比我们小好几岁。记忆中，我们初中毕业时，他刚好上初中。

关于党平安我是十分清楚的，也是因为那些年他的生活充满了传奇，充满了浪漫，而结局却又是那么地不尽如人意。大家除了叹息便是一片指责了。他移民到这里，也算是某种意义上的逃避吧。总之，一切已经过去了，一切从头开始，生活是不会欺骗人的。

大概十年前，村里的年轻人都云集到玛曲草原修房子，党平安就是其中一个。玛曲草原一望无际，草场承包到个人后，许多牧民就在各自的草场定居，定居之后，除了帐房外，还需要修建简易的牛粪房子。房子是由草皮垒起来的，上面搭上椽子或钢架，最上面苫盖油毛毡和油布。房子是用来放牛粪和杂物的，冬暖夏凉，也可以住人。党平安在玛曲修房子时因为能说会道，人灵活，赢得了许多牧民的喜欢和信任。一年之后，党平安和草原上的牧民一样，也定居了下来。党平安家庭并不好，兄弟多，姊妹众，能在草原上成家立业实在是一件可喜可贺的事情。党平安入赘的那家很殷实，牛羊多，姑娘老实善良，然而党平安的想法并不是长久的安居乐业。两年后的某一天，他离开草原，丢下了孩子、媳妇和老人，不但如此，他还卷走了家里的珊瑚珠宝，顺便卖了十几只牛羊。他离开草原，可谓腰缠万贯，脱离了家的羁绊，彻底自由了。他在青海、四川等地吃喝玩乐好几个月，最后又回到了家乡。

我也是听说，因为那时候我在距离家乡很远的一个小镇上当老师，对家乡的人与事只是听说，许多细节也只是捕风捉影，具体情况谁也不清楚。玛曲草原有他的家，有孩子，有牧场，有牛羊，可他还是毅然决然地离开了。他的离开似乎没有给这个家庭带来多大的影响，而当他坐吃山空之后，又想起草原上的家。几经周折，有人做起了和事佬，人家愿意原谅他了，还说年轻人哪有不做错事的，回来了依然是一家人。于是党平安回到了草原，这一回好几年就不见了影子。再几年之后，他出现在家乡的大街上，已经成了残疾人，据说是腿被人打断了，而整个事件的具体经过没人知道，结果却在眼前。

我想不到会在瓜州县沙河乡临河村遇到他。他乡遇故人，终究不是坏事，然而我内心深处却多出了些许不情愿。胡林生并没有注意到我表情的细微变化。他似乎很高兴，谈天说地，声音大到几乎能掀翻房子。党平安兄弟长，兄弟短，说得也是不亦乐乎，口边的唾沫四处飞溅。

——喝！不醉不归。

——喝！醉了就舒坦了。

——喝！人活一世影无踪，草芽儿死了重扎根。

——喝！一心一意地喝，喝到三星高照，四季发财，五谷丰登，六六大顺，七个雀儿飞，八个马儿跑。

既不愿意，又不得不拿起杯子，这是面子问题。家乡人太好面子了，不管里子有多烂，面子一定要光鲜。几杯下肚，我忽地记起昨天打了疫苗，糟糕了。放下杯子，我说，真不能喝，差点忘记了，打了疫苗不能喝酒。

党平安果然不高兴了，他说，看不起人呀？

果然伤了人家面子，我只好拿出医院的发票让他看。

胡林生说，别喝了，兄弟们说说话挺好。我是不能喝酒的，你知道，所以叫他来陪你。

党平安说，你们的命珍贵，我们的命贱，我们不怕。

我心里很不痛快，想回应几句，又觉得不合适，便笑着说，别见怪，要住十天半月的，一周之后兄弟俩好好喝一场。

党平安自斟自饮，自言自语而又用语言伤人。胡林生赔笑着，我自然也不会去和他理论。不到两个小时，党平安便将自己灌醉了，他的醉态可恨、可怜，眼泪、鼻涕不分家，裤子都提不起来。

党平安的小卖铺不大，收拾得倒也整齐，糖、茶、烟、酒等百货样样都有。正房在小卖铺背后，院子里堆积着各种货箱，房屋里只贴了瓷砖，没有家具。我和胡林生将他抬到小卖铺的炕上，给他盖了一条毯子就出来了。

胡林生心情突然沉重起来，我没有责怪他的意思，也许他自己觉得叫党平安过来是个天大的错误吧。这么多年未曾见面的兄弟，何须要别人来陪呢！我们之间难道真的无话可说了？

我和胡林生没有回家，我们沿村子北边的一条路漫步。胡林生不说话，低着头，脚踢着沙砾，几十年前的胡林生就是这个样子。我心里很沉闷，一时间也找不到话题。村子尽头处就剩黄沙了，水槽里空空的，槽边歪歪斜斜地生长着几株叫不上名字的草，那些草看上去有点枯败，但枝叶摸上去却十分坚硬。胡林生坐在水槽边的沙地上，兀自叹息了一声。

母亲就在前边不远处。胡林生茫然远望，突然说了一句。

我点了一支烟给他递了过去，他猛吸了一口，接着又说，她老人家生前不会想到连一口棺材都没有。

我说，别难过了，人终会有离开的一天，我母亲去年也走了。

胡林生叹了一声，然后又很茫然地看着我，说我们回吧。

我说，要不去看看母亲吧！

胡林生说，今天不去了，改天吧。

回来的路上，胡林生说起他母亲离开的那段日子。他说村子虽然是由来自不同地方的人组建起来的，大家不同时间来到这里，目的却是相同的，都是为过上好日子。来自不同地方的人都各怀私心，然而在大事情上却万众一心，从来没有马虎过。

他还和家乡的人们做了对比，人心都是肉长的，来这里后，才知道家乡人的心硬如坚石。胡林生似有所指，我听着也觉得不舒服，因为他那老院子的事情，我、胡林生、我二弟，我们之间有了说不清的纠葛。事情过去这么多年，可我们从来就没有将此事说明白过。我说几句试探胡林生的话，然而他并不接话。或许是胡林生给了我迂回的余地，以免伤了脸面，破了情感。

胡林生转移话题说起了党平安的事情，他说党平安实在可怜，但可怜之人也有可恨之处。千不该万不该偷东西走人，那也是他的家呀。事已如此，他不移民到这里怕是外面已无立锥之地了。到这里来，也是单身。好话不出门，坏话传千里，虽说离开家乡千里之遥，事实上就从来没有离开过家乡，抬头低眉间，哪个不是家乡人？

人活着就应该像齐天大圣，疯过，爱过，恨过，闯过，拼过，努力过，但从没怕过。党平安几小时前还大言不惭，其实人活着最怕的就是自己呀。可他永远看不清这点，能打败自己的贪欲，能打败自己的惰性，能打败自己的嫉妒和自命不凡，何尝不是生活的强者呢！我在心里也曾给党平安找过他离开草原的理由，然而所有理由仅仅是源于他所言的如牛马一样的日子。都有了家室，有了孩子，如果这个理由能成立的话，我们每个人何尝不是生活的奴隶呢？

胡林生执意要回家，可我不想回。于是我们一同去了他的枸杞地。地不远，谈天说地间，我看见了田地里摘枸杞的人们。

二十五

沙河乡属于甘肃省酒泉市瓜州县，成立于2008年10月，现辖五个行政村7000多人，耕地面积广大，但现成的耕地面积只有两万多亩，需要下苦劲，我现在的60多亩地，全是自己开垦出来的。胡林生说，2003年移民过来，快20年了，开了这么多地，算是把苦下尽了。

快成“地主”了。我说,有那么多田地,还有啥不满足的呢?

胡林生说，地都是刚来那几年集中开垦的，那时候年轻，干劲大，恨不得立马出人头地。国家给了钢梁、砖和水泥，我们修房修了很长时间。各个村里集中力量，一家家地修，节省了工钱，但也花费了时间，也只能那样，刚移民过来时大家手头都紧。2008年10月前，整个移民区都由临潭县代管，10月之后移交给瓜州县，我们算正式成瓜州人了，在管辖上和家乡彻底划清了界限，家乡在每个人的心里成了文字里所说的那种家乡，只能怀念、想念，却永远回不去了。

家乡，自己出生并长期生活的地方。人一辈子可以去的地方很多，值得回去且永久长眠的也只有家乡。母亲在家乡在，我也突然想起母亲来。母亲走得匆忙，没有给我们留下一句话，只给我们留了一方菜地，那方菜地就是她的自留地，那片地不足50平方米，就在屋后。母亲的自留地不种粮食，也不种药材。

那方地只种白菜、萝卜、芫荽、芹菜、辣椒、茄子等蔬菜。实行农村生产承包责任制几十年了，母亲依然称那方地为自留地，而且只属于她，多少年来无人能更改。是她的一亩三分地，自然由她支配。大片田地荒芜了，大家在田地上打小算盘的心思也淡了许多，但她不一样，她那一亩三分地在她看来却非常重要，因此她不容我们随意翻动。

母亲华发早生，体力也不支。一过清明，她就去到屋后那方地里。冬日从屋顶扫下来的雪全堆积在那儿，母亲不辞劳苦地用铁锨将它们分散到整片地里，之后又将炕洞里的草木灰扬在上面。过程不复杂，但费时，累人。

母亲的自留地让我们真正有所牵挂，那已经是农历五月之后了。

高原奇寒，冰冻三尺，大地解冻，草木发芽，一切并不随季节顺延。立夏之后，小满之前，山坡上才有绿意。一直到芒种时节，母亲才会动身。那时候，她那块自留地上的冰雪已将草木灰完全带进了土层深处。母亲不允许我们随意翻动那块地，哪怕她花费十天半月。她先用铁锨翻开，再用小榔头敲碎土块，最后用镢头将整方地挖沟分块，那样一来，萝卜、芹菜便互不干涉，各自生长，隔沟相守相望。

整整一个夏日，母亲不去串门，也不去看望亲戚，她就在屋后自留地，不言劳苦，欣然自乐。自留地似乎随了她的慢性子，夏至后，揭去盖在整方地上的一层麻秆，那些娇弱绿苗早已盖满了地皮。一贯慢条斯理的母亲这时候就会变成急先锋，甚至有揠苗助长的嫌疑。水桶、锄头、大剪刀、小勺子，还有草木灰，一一摆放在屋后。忙完地，又忙麻。一个夏日，铺在地上的麻也熟透了。麻秆在母亲双手间一一剥落，一捆捆麻缠绕于她膝头。麻的作用不可估量，扎扫帚都会用到的。

土地荒芜源自土地难以带给大家更多的收益，一切与所处的地理条件和自然环境有关。一生里，母亲不容我们选择，家乡也不容选择。母亲操劳那方地，我想不仅仅为了她所说的活动身骨，也不仅仅是她所言为我们提供蔬菜，她是给自己的生活解压。既然她选择那方地为我们节约生活成本，哪怕是微不足道的节约，也是诚心所至，爱心所属。除此之外，劳动的确让我们找到了自身的价值，还有价值中体现的生活含义。母亲没有过多选择，她选择了那方地，我们自然无权过问太多，更不能质疑。

整个村里并非母亲一个人拥有这样的自留地，大片田地荒芜，而母亲们的心怎么能荒芜下来呢？自留地里的菜刚长大，还不到完全成熟，我们就像贪得无厌的野兽，铲平自留地，留给母亲周而复始地劳作。母亲从不埋怨我们，相反，当我们不去铲平自留地的时候，她会唠叨不停，拐弯抹角说我们不会过日子，不懂节俭，甚至还会责骂——这样下去，永远活不起人的……然而责骂我们的那个人已经不在了。很多次，当我回到家乡，家乡已经不认识我了，我和家乡成了陌生而熟悉的情人。胡林生的情况更甚于我，这么多年，他和家乡已经成为相互遗忘的情人了。

愿驰千里足，送儿还故乡。

举头望明月，低头思故乡。

故乡今夜思千里，愁鬓明朝又一年。

栝岭东头是故乡，碧天云树思茫茫。

……

故乡在世人心中成了最远的远方，胡林生回不去，我们这一代人似乎都回不去了。

茫茫戈壁真能留住我们吗？胡林生语重心长地感叹着，刚来不到一年，就有很多人家返回家乡了。那时候这里真荒凉，只有风沙，漫天黄沙里，我们的心都乱了，打算长久留下来的所剩不多，时刻返回家乡的心一直在胸膛徘徊着。后来政府出面，鼓励和要求我们开始大面积搞绿化。现在白杨都能盖房子了，我们也无法返回家乡了。

和胡林生再次坐在枸杞地头，天高地远地谈论着。我们好像没有了当初的勇敢，也失去了当初的勇气，胡林生更是小心翼翼——小的们，拿缰绳来！那时的威武和胆识如今早已化为活着的谨慎与胆怯，是因为多了担当，也多了责任。我又想起了多年前一个阳光明媚的正午，我在操场上和孩子们聊天。我们说起狼群的时候，狼就来了，狼摇动着青稞架，撩动河水，追赶着牛羊，之后它停留在我的窗台上，露出尖利的牙齿……多年以后，那是一个枯败的草原，我同样遇到一个小孩，我们在风中谈理想，在荒草里说愿望。后来那个小孩就去了另一片草原，成为勇敢的战士，和狼群搏斗。再后来我在另一片草原听到了关于那个小孩的消息，小孩逢人就说，当狼群集体消失的时候，才知道什么是真正的孤独。孩子们天真，很想听更多的狼群故事，然而在我心里，那个小孩注定成不了勇士。牛羊漫过山坡，驻足在河道的时候，河水刚好解冻。春天来了，狼群隐藏在每个人的心灵深处。是的，狼群消失了，阳光下成长的少年啊，在红尘，你可千万不能忘记，必须要有两颗心灵去承担明亮与灰暗。

我知道胡林生的内心所想，可有谁能阻挡无情岁月的杀伐？是的，明亮与灰暗是光阴馈赠给我们的必须要承受和接受的奖惩，怀揣一盏明灯，照亮自己的同时，还要照亮别人。胡林生寄希望于孩子，那么剩下来的大概应该是责任和担当了。好好活着，不去陌生的城市流浪，也不去陌生的街头孤独。我们已经失去了那份天不怕地不怕的资本，和家乡对望着，做不到衣锦还乡，就只好在他乡努力活着。这是生命赋予我们的职责，也是生活给予我们的使命。

胡林生说，这里土地沙化、盐碱化程度严重，种植的投入与产出严重不符。为尽快实现移民迁得来、稳得住、快致富的目标，沙河乡在培育发展既能改良土地又能促进移民增收的特色产业上进行了大胆探索，为广大移民脱贫增收找到了路子。

我问胡林生，到底是啥产业呢？

胡林生说，就是“两红一黄”。又解释说，“两红”是枸杞和红花，“一黄”是甘草。

当村干部了，这些应该要十分熟悉。我笑着对胡林生说。

胡林生也笑着说，必须呀，万一有人问，回答不上来多丢人。

不过的确也是这样，政府投入多，资金扶持力度大，培训及时，很多人家得了实惠，生活明显有了变化。

我问，你种得多吗？

胡林生说，枸杞二十亩，葵花十亩，苞谷二十亩，板蓝根五亩，甘草五亩。枸杞和葵花要卖钱，苞谷要喂牛，板蓝根和甘草都需要两年，所以种得少。

我说，那真要下苦了。

胡林生说，为了切实加快移民乡镇的发展，有效改善移民群众的生产、生活条件，促进农民增收，加快脱贫步伐，推动社会各项事业进步，逐步缩小与老乡镇之间的差距，政府以增加农民收入为主线，把特色产业培育、劳务输转、生态建设作为工作重点，努力克服各种不利因素，不断调整优化产业结构，狠抓重点产业任务落实的同时，也鼓舞大家大力发展草畜产业……

别背了，这些我都知道。我说，你收入怎么样？

胡林生有点不好意思。他干咳了几声，接着说，一年也就二十来万吧。前几天刚卖了五头牛，实在顾不住呀。这段时间集中摘枸杞，已经是第三茬了。同时还要砍葵花，砍好后还要脱粒，完了就等人来筛选收购。9月就开始收苞谷，收苞谷看起来忙，实际上轻松，因为不做青储饲料，做青储饲料很麻烦，弄不好就浪费了，也是因为由机器弄，人插不上手。虽然成瓜州人了，但还是想老家的炕，苞谷秆就是专门用来烧炕的。

我说，二十亩苞谷能收很多吧？能卖很多钱吧？

胡林生说，都要喂牛呀，接下来不打算再养牛了，算算细账，那么多苞谷都让牛吃了，牛只能卖那个价格，有点不划算。又说，除了家里的正常劳动，还要给村里灌溉，一小时十五元，要做好记录，不然还得自己垫。

我说，村干部还是要有责任的。

胡林生说，不想当村干部，各种培训很费时，这么多田地，脱不开身，招来的只有媳妇无休止的抱怨。

我说，那就辞了吧，让年轻人干，或许人家干得比你好呀。

胡林生嗫嚅着，过了一会儿才说，辞倒是很容易，可是辞了也是件丢人的事情呀。

我说，有啥丢人的？不是很正常吗？

胡林生笑着说，村主任毕竟也是“两委”成员呀。

我站起身，拍拍屁股，笑着对胡林生说，我们走走吧，“两委”成员。

十几年前，我曾在心底这样分析过胡林生的心理，不过爱面子的确是家乡人的一大特点。今天的胡林生依然是这样，他割舍不下村主任的名头，却又在忙乱的生活中矛盾着，自怨自艾，实际上就是面子问题在他身上所体现出来的矛盾焦点。他永远不会看穿这一点，也不会自愿放弃自以为赋有光环的面子。事实上，这样的面子问题有可能会给他带来更多的家庭问题，然而他依然放不下。我的好兄弟，面子有时候很值钱，但大多时候却不名一文呀。

二十六

枸杞地十分坚硬，枸杞的枝条却分外柔软，一串串似珍珠样的枸杞努力下压，枝条低垂，它们开始向大地致敬，毕竟是最后一茬了。摘枸杞是件苦差事，人必须要像枸杞枝条一样弯腰低头，一粒粒摘下来的枸杞要被小心地放进脚下的桶子里，也似乎只有这样，才能完成大地给予的回报。

摘枸杞的人都是家乡人，都面熟，彼此打个招呼，算是认完了老乡。除了老乡，也有外地人。老乡是相互帮忙，外地人则是雇来的,按摘取的斤数发工资。肯下苦者,一天能挣三百多，少则不到二百。等枸杞完全摘完后，就剩修剪枝条了。也有部分人将修剪时间放到正月十五过后，修剪时间的迟早似乎没有固定的说法，倘若不修剪，来年的产量就会大打折扣。

我在枸杞地里和胡林生边走边聊。枸杞是种一行空一行，要留出人操作的空间，所空之地全都皲裂成一块一块的地图，踩上去坚硬无比，边缘用手一扣，却又是酥软的沙土。那一块一块如地图皲裂的地皮都是灌溉所致。给枸杞放水灌溉，村里人都排了次序，每户三个小时，依次轮流。这里和家乡不一样，劳动几乎不需大的工具，只有放水才用到铁锹。水道是整片田地的“动脉血管”,要及时维护,不能有丝毫堵塞。堵了“血管”，就等于给收获判了死刑，因此维护水道是全村人的一件大事。

胡林生负责水道的看管，负责灌溉的时间和安排，他比别人忙了许多。我的记忆中，胡林生从小就喜欢当领头羊。小时候我们一起“开火车”、掏马蜂窝、抓猫头鹰，甚至去山坡割草，他总是要当老大，大家必须听他指挥，否则他就不干。如果小时候所做一切全是少年情怀，而此时我看到的却是一份责任心。和那年春节探亲且处理家乡老院子时相比，胡林生的性情大变，没有了当初的萎靡和沉重，也没有了对命运的抱怨和悲叹。具体生活中，一个人的性格也会有所改变，在不同的环境、不同的生活条件下，命运往往也会轮流运转。都说命运掌握在自己手中，我觉得并非完全如此。条条大路通罗马，说的就是人生之路的可选择性，然而更多的时候，有些路却不由自己去选择，它可能和机遇有关。胡林生当初自愿移民到疏勒河，往大了说就是响应国家政策，为后辈子孙造福。如果让我猜测，说到各自的私心上，他的移民何尝不是逃避现实呢？

我、李福、胡林生，行结拜仪式是读初一的时候。那时候小，不懂兄弟的深刻含义，只求有难同当，有福同享。李福因为“开火车”伤了腿，最后在工地上送了性命，而胡林生也因为偷了村子里一户人家的一捆大豆，最后辍学。几年后当我们再次聚首，胡林生当着我和李福的面，使劲抠当初三人结拜时用烟头烫在手臂上的疤痕，同时流着眼泪，口口声声说不配做兄弟了。胡林生决定移民疏勒河的时候，我们喝过最后一场酒，算是送行——西出阳关无故人了。胡林生喝醉之后伤心欲绝，说以后再也不联系了，兄弟之情算是到头了。还有那些年隐藏在话语里的秘密，谁都没有重新提起过。时至今日，我一直寻找他移民的根源，然而寻找的结果却让我不断陷入回忆的痛苦之中。我很想问问胡林生，却欲言又止。还有当年胡林生将家乡老院子处理给我二弟，我曾给他寄过三千块钱，他为何退回？源自兄弟间的那份情谊，让我在生活中有了无法原谅自己的理由。我的好兄弟胡林生那时候多么需要钱呀，可他又是多么的好面子。那么多责任，那么多劳苦，那么多原本不属于他一人承担的重负，全是因为面子。面子，我依然将一切延伸到我们看得见也看不见的心理深层去——要面子、顾面子、爱面子、留面子等会让我们陷入一种无法自拔的绝境。这又似乎不是心理问题，也难以将它归到生活态度上去。当然我们也可以这样去想，不要面子、不顾面子、不爱面子、不留面子，好吗？这一切终究无法说清。

胡林生说，这几年枸杞的价钱低了，前几年好，前来收购的人也多。

我问，啥原因呢？

胡林生说，种的人多了吧，具体也说不上。

我说，收枸杞的都是哪儿人呢？

胡林生说，宁夏的老板多，其次是内蒙古的。

宁夏的枸杞不是号称贡果吗？我说，他们怎么跑这里来收购？

胡林生说，号称贡果就不允许有我们的枸杞吗？

我突然有所醒悟，是呀，贡果只在有进贡的那个年代才能保持其纯真。曾买过宁夏中宁的许多枸杞，谁晓得它们出自瓜州，还是产自中宁？

中午饭是在枸杞地里吃的，他们从三轮电动摩托车上取下热水壶、杯子、白饼和肉，大家蹲在地边，或坐在沙地上，低着头，闷声吃饭。摘枸杞也需要抢时间，错过时机就难以卖上好价格。他们在商机的把握上的确比家乡的人都要精明得多。相比而言，家乡的人们就有点懒散了。与其说懒散，还不如说太过贪心。家乡是没有枸杞的，但有成片的青稞和燕麦。胡林生提及家乡的种植时也说过，家乡人靠天吃饭，而这里不同，只要肯下苦，就一定有回报。没有倾盆大雨，也没有冰雹。地皮稍湿一点，就算下过大雨了。

家乡在青藏高原东北部，海拔高，纬度也高，常年无夏，气候变化无常，长势不错的农作物如果防不住的话就会被冰雹打得七零八落，颗粒无收。也正是这个原因，大家渐渐不种青稞了，多出的田地全用来种当归和柴胡。当归和柴胡都是两年生，一方面可以避免天道不顺，另一方面还可以腾出更多的时间去打工。我目睹过三弟种植药材的全过程。有一年药材价格很好，可村里人都不愿意卖，原因很简单，他们认为还没有涨到他们决意要卖的那个价位。所有药材都堆在外院，下雨、下雪都要操心，想等来年卖到更好的价格，可是第二年药材价格就跌了，跌到无人问津的地步。等第三年新的药材下来之后，旧药材更无人收购，就算有人收购，其价格也和野草一般无二。大家盲目种植，没有去考察过市场行情和需求，更谈不上商机。

那几年药材贩子的出没，使村里人不但对药材产生了仇恨，甚至对田地都开始怀疑了，说土地不愿养人，要把人往绝路上赶。药材贩子恰好抓住了商机，开春卖苗子，来年收根子。春来秋去年年折腾，种药材没有种出几户富人，倒是田地荒废了不少。

临河村种枸杞不怕天道不顺，只要你肯下苦。头茬枸杞价格好，二茬也不错，三茬是枸杞的收尾，之后枸杞就要休养生息、养精蓄锐了。头茬枸杞刚下来就有人来收购，他们会如数尽出，从来不压货，二茬、三茬都一样。按照他们的话说，就是薄利多收、小富即安。枸杞的买卖与药材大相径庭，倘若将贪欲稍做收敛，家乡人或许就不会如此去恨土地了。

下午五点多，我和胡林生就回去了。我给司机打了电话，他说他四处走走，不用管他。离枸杞地不远的地方是十几个西瓜大棚，透过缝隙看，西瓜并不大，也不多，一个个睡在地上，做着白日美梦。看瓜人就在大棚外，看瓜人只能望瓜止渴。

瓜是江苏人种的。胡林生说。

我说，你怎么不种？种瓜得瓜，这地方更适合呀。

胡林生说，你真是外行看热闹，从哪儿知道这里更适合种瓜了？你知道吗，这个大棚里的瓜一个投本七八十元呢。

我说，你就胡扯吧，那么贵种的是金瓜还是银瓜？

胡林生笑着说，不是金瓜，也不是银瓜，是西瓜。江苏人前来种西瓜，先租地，然后支起大棚，还要租村里人的空房子。大代价并不在这里，而是贵在土上。

我说，土也需要买吗？

胡林生说，他们搭棚之地全是石头，瓜是长不出来的，因此要花很大的代价，运来许多土，然后将土铺在石头上。西瓜本身不会那么贵，主要贵在土上了。代价这么大，种得起吗？再说瓜的生意并不好，时间也熬不住，仅打瓜秧就能整死人。

我问他，打瓜秧？很费劲吗？怎么个打法？

胡林生笑着说，你只知道种青稞，西瓜打秧的时候就要把多余的瓜秧掐掉。

我继续问，掐掉瓜秧怎么结瓜？

胡林生说，刚来时我也是那么想的，后来才知道，西瓜必须打瓜秧。如果不打瓜秧，一个秧上缠着几个蔓藤，就会结几个西瓜，但个个都和拳头一样大。

经他这么一说，我瞬时明白了。

胡林生说，打瓜秧不但累人，而且还要动脑子，要看好蔓，留最好的一个，西瓜才能又大又甜。

那枸杞也这样麻烦吗？摘那么多桶怎么处理呀？我说。

胡林生说，我带你到枸杞大棚吧。

枸杞大棚距离村子约两公里，两公里处全是一个个的塑料大棚，数不过来。胡林生带我转了许多大棚，最后才到了他的枸杞大棚里。塑料大棚最下端一米左右全是敞开的，如果完全捂死的话枸杞不容易干，糖分反而会释放出来。糖分一释放，所有的枸杞就会粘在一起，就分不开了。

大棚铺着油布，油布上全是枸杞，颗颗饱满，粒粒放光，其色鲜艳夺目，令人垂涎不已。

多久才能完全干呢？我问胡林生。

胡林生说，这些都是昨天摘的，还没顾得上处理。又说，就这样放着，恐怕十天半个月都干不了。

我问他，还需要加工吗？

胡林生说，你没看见吗？村头专门有加工厂，都是外地人开的，他们将收购的枸杞直接运进厂、加工、包装，最后才将成品拉走。

晒干就可以了呀，还怎么加工呢？我问。

胡林生说，具体我们也不清楚，估计里面门道很多吧，我没进去过。

那你是怎么弄的呢？我继续问。

胡林生说，当天摘来的枸杞全部摊开晾晒在大棚下，晚上才可以在上面撒碱。

撒碱？我有点迷惑了。

胡林生说，不撒碱就不干，也奇怪得很，新鲜枸杞撒上碱，第二天就干瘪了，变得皱皱巴巴，道理说不上。

我说，撒上碱怎么吃？会不会很苦呢？

胡林生说，不会，等枸杞干瘪后再用水冲。撒了碱的枸杞经水一冲，颜色会更加鲜艳起来。

原来是这样呀。我说，晾晒枸杞的门道也多呀，我只听说过用硫黄熏。

胡林生说，硫黄熏的一般都是存枸杞，也是为了卖个好价钱，因为枸杞放到翻年就变得黢黑起来。

我说，你怎么不用硫黄熏呢？

胡林生说，代价大，不合算，而且硫黄熏过的枸杞没人要。

我说，硫黄熏过后没人要，那怎么还有人熏呢？

胡林生说，那是人家专门在作坊里熏，量大，混进成千上万吨里也难以发现。

我说，熏和不熏有区别吗？

胡林生说，我们专门实验过，熏过的枸杞更容易粘在一起，但颜色非常鲜艳，仔细闻，有股酸味，在嘴中嚼，隐隐有些辣味。贩卖枸杞的人都喜欢宁夏货，可是宁夏的数量有限，他们贩卖过去后，谁能保证宁夏货里没有瓜州货？

我说，宁夏枸杞我吃过，好像和这里的差不多呀。

胡林生说，那你错了，货还是人家宁夏的好。这里的枸杞太甜了，宁夏的没有这么甜，不但如此，还稍微带点涩味。各有各的好吧，喜欢带甜味的自然是这里的好了，而至于营养我们又是外行。我也听说过，有人拿瓜州枸杞冒充宁夏枸杞，虽然稍做了加工，但还是被人家发现了，马脚就出在这里的枸杞比宁夏的枸杞大且过于饱满，这反而成了错。

晚上我参与了胡林生他们处理枸杞的全过程，几箱子纯碱，像撒石灰一样撒在饱满而晶亮的枸杞上，枸杞的面相就破了，一粒粒滚抱在一起，整个大棚立刻弥漫起一股类似馍馍烧焦了的味道。不过那种味道散发得很快，一会儿就没有了。撒了碱以后，枸杞立刻变得肥胖起来，碱沾在上面，形成了一层硬硬的壳，直到饱满的枸杞完全变皱。冲洗也是很有意思的，水龙头所到之处，紧抱在一起的枸杞立刻就松开了手，它们在水的喷洒之下四处奔跑，欢快地翻滚。所有的程序就这么简单，前后不到三个小时，既保持了枸杞新鲜色泽之品相，又防止潮湿发霉。

二十七

回到家里，已经很晚了。我们似乎都没有睡意，司机早早睡了，胡林生媳妇喂完牛，又去厨房里倒腾起了夜宵。我和胡林生漫无目的地聊着，说起村里的人和事，胡林生感慨很多。我的感觉是，无论天南地北，农村的情况大致都如此。难免在小心眼上发生不必要的口舌，也避不开利益上的冲突。相互放水，斤斤计较，见不得穷人吃白面，总说自己的东西好，最后让贩子们得了不少便宜。

胡林生说，9月底就开始闲了，人闲心不闲呀。

我说，那就去打牌。当年你不是特别喜欢打牌的吗?

胡林生笑着说，多少年前的事情了，不是说没人打牌，而是没有对手。

我说，你的牌技并不好呀，到瓜州来还吹上了。

胡林生说，不是呀，主要是玩着不舒服，都是赢得起输不起的人，一两次不舒服，以后就不去玩了。

我说，漫长的一个冬日，那多寂寞呀。

胡林生说，渐渐就习惯了，冬天村里的事情还多，还要组织大家学习呢。

我问，学啥呢？

胡林生说，学得多了，拉牛肉面、电焊、修拖拉机等。

我说，学点技能也好。

胡林生说，几天能学点啥呀？说白了就是打发日子。

我问，你现在还唱戏吗？

胡林生说，不唱了，看戏的人都没有，唱给谁听呀？

唱给自个儿听。我们闲谈之间，胡林生媳妇已经炒了两个菜端进来了。她说，他就是懒，大冬天的躺在炕上唱戏，雪都不扫，就知道把自己唱得半死不活的。

胡林生瞪了媳妇一眼说，哪有雪？等到天亮早让风给刮光了。

我哈哈大笑说，有那么厉害的风吗？

胡林生媳妇说，你别说，风真的凶得很。娃们到外面去玩，满脸除了两个眼睛，其他地方都是雪。

想当年，我特别喜欢听秦腔，胡林生也喜欢，他还在戏台上唱过。我曾戏谑他，唱的比哭的都难听。恍惚间已经过去这么多年了，胡林生还没有放弃唱戏，我不知道他躺在炕上唱的是哪出戏。是《花亭相会》还是《长坂坡》？是《探窑》还是《庵堂认母》？一切都不重要了，重要的是我们还在尘世沐浴着温暖的阳光，不够吗？

是的，我们都幸福地活着，纵然理想已经被生活所蚕食，希望依旧向我们招手。不是吗？胡林生开垦了几十亩地，将孩子送到城市里去学习，可他还不停歇，也不松懈，他的戏文里定然充满了苦难，也必然充满了苦难和背后不为人知的灿烂和自豪。

不回去了吧？胡林生媳妇对胡林生说，一定记得给他带点枸杞，黑的、红的都要带上。

胡林生说，不回去，他刚来能到哪儿去？

我笑着说，后天必须回了，票已经买好了，等过年的时候我再过来。

胡林生媳妇说，那可太好了，你不知道这儿过年多热闹。

胡林生说，也就刚过来那几年热闹。

我说，刚过来那几年你们都想着要跑呢。

胡林生说，也就过年那几天心里啥都不想，让热闹给哄住了。

我说，那时候人少，这里没有社火，也没有寺院，不跳羌姆（羌姆为藏语，也被称为“卡尔羌姆”，起初是跳的意思，后来就慢慢习惯成为宗教舞蹈的专用词汇），有啥好的？

胡林生媳妇说，全村人在一起过年，你说热闹吗？

我说，怎么一起过年的？

胡林生说，就是轮流转呀，到正月十五了，都还转不完呢。

胡林生媳妇说，热闹得很……

胡林生又瞪了媳妇一眼，说那时候母亲还在老家呀。现在不一样了，母亲睡在黄沙堆里，可当年的那种热闹也不流行了，十几年来，小家过成了大家，都不相互走动了。

我见胡林生有点伤感了，就换了话题，说你们怎么不种黑枸杞呢？

胡林生媳妇说，黑枸杞不用种，到处都有，野生的，不值钱呀。

我说，黑枸杞不是很值钱的吗？

胡林生说，那是早些年，现在没人收了。

我说，黑枸杞可是好东西。

胡林生媳妇说，最早摘黑枸杞的是临夏人，他们不但摘而且收，价钱很高。你想想，一个早晨，我摘了一盆子，卖了好几百元呢。

我说，那么好的价钱，黑枸杞又那么多，怎么不去摘？

胡林生媳妇说，看你说的，短短几天，摘黑枸杞的人就铺天盖地了，连黑枸杞的叶子都差不多被摘光了。

胡林生说，也就好了那么一年，第二年有人专门种了黑枸杞，收成不好，价钱也不好。黑枸杞不像红枸杞，要剪枝后晒干，然后抖落，拣拾，特别麻烦。这两年依然有人种，也有收购黑枸杞的人，价钱和红枸杞一样，但大家的心思渐渐不在黑枸杞上了。

我说，可老家超市里还是很贵的呀。

胡林生说，那你以后别买了，我抽空就能给你摘几盆子。

我笑着说，那也不需要，不是说黑枸杞富含蛋白质、氨基酸、维生素、矿物质、微量元素等多种营养成分吗？怎么价值反而低了呢。

胡林生说，都是吹出来的吧。谁能说得上呢，起伏太大的东西一般都不可靠。

“起伏太大的东西一般都不可靠”，这话的确有道理。我躺在沙发上，望着外面的晴空，注视着硕大的月亮，想起了那些年我们的快乐，然而时光已经将我们推到中年的门槛边，剩下的除了回忆的欢乐，更多的是活着的艰辛与沉重。

二十八

从下午开始，胡林生就忙着收拾东西。红枸杞、黑枸杞、葵花籽等整整装了几大袋子。党平安也过来了，他显得极不好意思，除了帮忙收拾东西之外，他还拿来了许多吃的和喝的。我理解，大家都是好兄弟，不仅仅是地缘关系，可能还存在着某种心理上的无法彻底分割的情谊。

我决定要离开，要返回家乡。和胡林生的告别谈不上诀别，我告诉他，今年春节一定会来。胡林生执意要送我到敦煌，他借口要去趟敦煌，还说要去趟玉门关，不仅仅为了送我。西出阳关无故人呀，我何尝不知道他的心思？梁实秋说："你走，我不送你。你来，无论多大风多大雨，我要去接你。"胡林生恰好相反，他执意要送我到敦煌。这样的情形让人不安，心情也随之复杂起来。事实上，这次来瓜州只是为一个心愿，兄弟间的情谊有时候也会随光阴而改变，唯独令人欣慰的是，我们之间没有利益往来，因而这份情谊会在光阴下保存得更加久远。

党平安也说要去敦煌，我善意地拒绝了。党平安显得不自然，也不高兴。胡林生要我带的东西我也是象征性地装了点，因为实在背不动。千里之行，难道只是来拿东西？千里之行，难道兄弟的这点情谊都拿不动？胡林生会理解的，毕竟兄弟一场已经三十多年了，而党平安就不一样了。党平安遭到村人的不齿，是他自己作孽，但我不能就此雪上加霜。为避免党平安内心不舒服，我用尽各种办法，将他带来的东西如数打包。

那个医生同学一直没有露面，我没有联系他，大家都有各自的工作,倘若刻意联络,难免会打上骚扰的标签。我一贯如此，一个人和一个地方的联系莫不是心灵的挂念，因而当我到某地时，不会轻易打扰朋友。说白了，有些打扰就是为了蹭一顿饭，那样的打扰不但没必要，而且还容易使人掉价。

和那个医生同学的交情源自那些连环画。在那些年里，彼此慰藉，让精神生活有所改观，我应该感谢他。然而那一切源自各取所需，却与情感无关。

是夜，我依然躺在沙发上，胡林生早早就睡了。我们刻意避开了夜谈，因为明天要分别，尽管不会存在卿卿我我，但心头还是有点说不出的沉重感。

月光很亮，瓜州的天气真是晴朗，难得有这么明亮的月夜，我躺在离别十几年的兄弟的家里，我们说着希望，说着理想，说着这些年的快乐和不快，可始终没有提及那些年的往事。是的，因为我们已经回不到过去了。过去属于记忆，记忆只有保存。倘若能将记忆拉到现实之中，那么我们活着也将失去奋斗的意义。

天色未明我们就出发了，胡林生媳妇站在门口送我们。她对胡林生说，到那边了大方点，该吃的都吃上，该玩的地方都去玩。又对我说，到家了记得给我们来个电话。

胡林生笑出声来，他说，我又不是孩子。

我说，放心吧，到了给你们打电话，给你们汇报家乡的情况。

何人不恋家乡情？我的贸然到来，可能激起了她对家乡的无限思念。只是这次太仓促了，感觉有千言万语，却又不知从何说起。

我让司机走高速，他有些吞吞吐吐，我又给他加了一百元过路费。我和胡林生坐在后排，原想有许多话要说，可是此时却没有了话，他亦是如此，一会儿两人都打起盹来，一直到敦煌司机叫醒我们。

阳光依然很足，眼睛都睁不开。时间刚刚是早上九点半，胡林生提议不进城，进城会浪费时间。于是我们在路边吃了早饭，之后又继续前行，我们的目的地是玉门关和阳关。胡林生说，来这么多年没有去过这些地方，既然来了，就一定要到这两个地方走一走。游览风景名胜的心思真没有。不过我暗自猜测，胡林生那么好面子，除了让兄弟不留遗憾地回去，也可能包含着他对这两个地方的特殊的情感与缘由，因为当年他离开家乡的时候，我们曾流泪吟唱过——

西出阳关无故人……

何须生入玉门关……

正午时分，太阳发狂了，下车撒泡尿，感觉浑身都湿透了。车子在一望无际的戈壁上奔跑着，进入视线的除了枯黄、颓败、萧索，大概就只有呼呼的风声了。

司机告诉我们说，这个地方奇怪得很，人一旦走进去就会迷失方向。

我说，不至于吧。

前几年就出过事儿。司机说，几个旅游的人跑进去拍照，结果就没有出来。等救援队找到时，他们已经变成了白骨。车没有走远，一直在两公里处绕圈圈。为防止类似的事件发生，政府在这一带立了个牌子，警告大家不能进入戈壁。还有就是这里手机没有信号，一旦出了问题，就只能等死了。

我下意识看了看手机，果然没有信号，心里不由得咯噔了一下。

不过这里会看到海市蜃楼。司机说，我看到过两次呢。

真有海市蜃楼吗？我问。

司机说，真的，我看见了大海，还有轮船，两次看到的都一样。

我半信半疑，胡林生也不信，他说，都是瞎编的吧？

司机说，我这把岁数的人了还会说谎吗？真看见大海和轮船了。

一直以为海市蜃楼是幻境，是蒲松龄笔下的鬼市，当然没有亲自见过，就只当是说笑罢了。胡林生突然说，这辈子能见一次海市蜃楼该多风光呀。又叹道，唉，这辈子也就过着海市蜃楼般的日子了。

我说，胡林生呀，已经很好了，你还有啥不满足的呢？人心不足蛇吞象，你不知道吗？

胡林生笑着说，过几年我就搬到这里，指不定哪天会看到老家呢。

我说，也不是没可能，不过那时候我就来当救援队好了。

司机知道我们在说笑，便问，你们是亲兄弟？

我对司机说，前天我不是跟你说过了吗？

司机哦了一声说，你们去玉门关干啥呢？还不如去月牙泉和莫高窟，或者去影视城。玉门关啥都没有，除了几个土墩子，还有啥呢？又说，也不知道大家怎么想的，都跑来这里了，就拍几张照片，又转身走人。

我笑着说，玉门关没有啥好看的，我们只是去印证一下，到了玉门关，是不是真就能听到折杨柳的曲子。

司机似乎不明白我的意思，说曲子哪儿不能听呀？还跑这么远，这个时辰怕要被烤焦了。

情况的确如司机所言，到玉门关之后，我和胡林生买了门票，跟随大巴车在玉门关土墩周围转了一圈，然后又在汉长城遗址前拍了张合影，就回来了。

下一站要去阳关，路上经过光伏电厂，司机喋喋不休，说这里的人造太阳规模大、发电量高，完了又推荐更多的旅游点。又说，这一带古墓特别多，戈壁滩上凸起的沙包有可能都是古墓。挖出的东西多，不过很多盗墓的都吃了亏。

我和胡林生都没有说话，大道笔直，向西便是阿克塞，右拐朝南便到阳关了，我们已经看到了巨大的路牌。

阳关，始建于汉武帝元鼎年间，是汉王朝防御西北游牧民族入侵的重要关隘，也是丝绸之路上中原通往西域及中亚等地的重要门户，凭水为隘，据川当险，与玉门关南北呼应。宋元以后随着丝绸之路的衰落，阳关也因此被逐渐废弃。阳关是一座被流沙掩埋的古城，也是一座被历代文人墨客吟唱的古城。相传唐天子为了和西域于阗国保持友好和睦关系，将自己的女儿嫁给了于阗国王。皇帝嫁公主，自然带了好多嫁妆，金银珠宝，应有尽有。送亲队伍带着嫁妆，长途跋涉，来到了阳关，便在此地歇息休整。不料，夜里狂风大作，黄沙四起。待风沙停住之后，城镇、村庄、田园、送亲队伍和嫁妆全部被埋在沙丘下，从此，这里便荒芜了。几百年之后，有人便开始在沙滩上捡拾古董，有人发家致富了，也有人随之成了沙滩之上的白骨。

胡林生要司机停车，说要撒尿。太阳已经偏西了，胡林生面对戈壁，撒了一泡长长的尿。他的身影投在茫茫戈壁上，小得可怜。我突然想起大漠孤侠、驼队游魂来。胡林生家在瓜州县临河村，距离玉门关和阳关只有一百多公里。春风不度玉门关，西出阳关无故人，玉门关和阳关何等著名，可来自家乡的兄弟们都不是奔着它们而来的。丝绸之路上繁华万千，兄弟们并没有改变，也似乎没有彻底变成戈壁的臣民，他们的所念所想一直在高原之上，在草原深处，可他们已经成了没有家乡的人了。想到此，我内心禁不住溢出阵阵悲凉来。

阳关已经不是当初辉煌的阳关了，然而阳关的辉煌却远远超出了汉代的阳关。阳关成了著名的旅游景点，自然不乏景点的各种配套，东西贵得要命，一瓶水都得卖上六七块钱。

我看见了王维，他老人家十分潇洒，一手端着酒杯，一手指向遥远的天边，似乎对他的老朋友元二有说不完的话、道不尽的情。此时王维不在长安，而是立于斜阳之下的一座巨大石雕。王维的后面还有一座石碑，上面刻着“阳关道”三个大字。胡林生执意要在石碑前合影。按他的性格，莫非他想说你走你的阳关道，我过我的独木桥。几十年前他曾斩钉截铁地说过，要和兄弟断绝关系，如今兄弟相见而又匆忙分别，何尝不露一双红眼圈呢？人在尘世，情感就这样，常驻心头而不能常挂嘴边，如果那样，也许真就是酒肉朋友、字面兄弟了。

飞机晚上九点半起飞，赶到敦煌市区还有点时间，胡林生便找了一家气派的饭店，要吃驴肉。

我说，我不吃驴肉。

天上的鹅肉，地下的驴肉。胡林生说，你不吃你就后悔吧。

我说，不是说天上的鹅肉，地下的骡肉吗？

胡林生说，那是在老家，到这里就变成驴了，驴还是骡子的娘家人呢。

不过也是，离开十几年了，早就成瓜州人的他，家乡已经是记忆中的事儿了。

菜谱全和驴有关——爆炒驴板肠、驴肉焖疙瘩、大漠驴肉、驴肉黄面、红烧驴尾巴、驴肉火烧、驴肉炒饭等，数不过来。

驴肉吃了，只是没有喝酒。我们都不愿端起酒杯，酒是好东西，但容易伤感也伤情。吃完之后，胡林生就催促我赶紧去机场。

我说，这么急着赶我走吗？

胡林生说，你赶紧走，走了我就清闲了。

我听着他的话，内心猛然一热，眼眶便湿了。

机场路上，胡林生又唠叨着他当村主任的事情。他说，当主任后，真还成了干部，有了应酬，但牙齿发黄，不敢抛头露面，都给自己的嘴上锁子了。

我听后忍不住大笑起来。我说，干部就不允许有黄牙吗？

胡林生说，毕竟不雅观嘛。

我说，那就去洗牙吧。

胡林生说，用啥洗？有作用吗？我说，用洁厕灵，绝对没问题。胡林生哦了一声，没再说话。

离登机还有两个多小时的时间，但他执意让我过安检，还说早离开早清闲。我知道他的心思，只不过彼此没有明说而已。自古分别多伤情，不过我的好兄弟胡林生已经走出了一条完全属于自己的路，就冲这一点，我们应该敞怀大笑，把酒言欢。

飞机起飞了，瞬间便可到草原，就到家乡。可胡林生呢?从空中看，万家灯火明明灭灭，多像一场没有痕迹的梦。

回来之后，我和胡林生又失去了联系。我知道，我们之间不在乎这些，有事说事，没事自然就躲避那些黏黏糊糊的亲昵。

有一天大半夜，胡林生突然给我打来电话。电话里的胡林生一点都不痛快，磨蹭了半天才说，用洁厕灵洗了牙，牙的确白了，不过嘴皮失去知觉好多天，牙根一直酸痛呢。

我听了哈哈大笑，说白是肯定的，马桶的陈年旧渍都可以清理掉，何况牙齿呢。

他在电话里也是一阵狂笑，没有责怪我的意思，我反而为自己的恶作剧悔恨了很长一段时间。权当是对兄弟的一次惩罚吧，谁让他那么好面子呢！不过事后我也想过，倘若春节能去他那儿的话，兄弟之间应该好好谈谈关于面子的问题了。

补篇

时隔这么多年，我依旧不能忘记，二十年前那个黄昏也似乎没有远去……

父亲和他的两个兄弟坐在炕上，少了素日的欢笑，夹在指间的烟都忘记了点，狭小而低矮的屋里弥漫着令人窒息的气氛。一切皆因祖母的安葬而起。那段日子里，我们不敢大声喧哗，看着上辈兄弟间无法厘清的恩怨与血肉相连的亲情，我们选择了沉默。不过，一切恩怨和亲情在光阴的淘洗下，终将失去当初的鲜活，留给我们的除了惊悸，还有更深的思索与反叛。

父亲姊妹五人，他有一个弟弟，三个妹妹。弟弟是农民，勤劳耕耘着几亩田地，放牧不多的牛羊，过着小富即安的日子，没有怨天尤人，也没有对命运作出公然的挑战。三个妹妹嫁在邻村，前半生没有大起大落，年过六旬后却独居门外，日子倒也安逸。

20 世纪 50 年代末，祖父就死了。祖父的死没有给孩子们留下深刻印象，几十年后，父亲总是将那段经历当成传说。父亲傻乎乎地笑着说，只记得当时吃了顿饱肚子，至于后来的事就想不起来了。然而祖母的伤痛却在当下，她带着一群孩子，从此开始了长达五十多年的艰辛生活。

祖母很含糊，说不出每个孩子成长过程中的细节。她唯一记住的就是，家族里的长辈因为没有上缴银圆，而使祖父在绝望中命丧荒野。我们问过父亲，父亲从不忌讳，也看不见有多么悲伤。父亲对祖父的死本来就不清楚，因此当我们提及祖父的死时，他只好给我们讲故事。直到有一天，我从一个古旧的箱子里，无意翻出一张皱巴巴的油印判决书，上面写得很简单，大致是说祖父没有偷那么多粮食，但欺骗了人民……我完全知道事情的详细经过，是几十年以后了。

父亲说起祖父，更多的是演绎。祖母偶尔也会提及祖父，可她的言辞里充满悲情。不过事件内容大致如此，各种版本出入并不大。

那是一个月黑风高的夜晚，合作社仓库里守夜的几个人就开始行动了。他们的计划很简单，一人放哨，两人分粮，剩余两人将所分之粮依次提到家中。仓库里原本粮食不多，偷分也只是几大碗的事情。祖父是仓库保管员，保管员带头偷集体粮，罪大恶极。的确也是，那几碗粮关乎几个家庭，也关乎全社人的命运，因而偷粮一事被人发现后，立刻就遭到了集体的声讨。按照祖母回忆，那夜确实有人给家里送来了粮食，她连夜炒熟粮食，分给了每个孩子。

祖父有个弟弟，在边远县城工作，很少回家，那年秋天祖父去了劳改队后他才回来。祖母说，家里所有事都由祖父的母亲掌管，祖父弟弟回来的那段日子，所有事就由他掌管，祖父的母亲也插不上话。祖母还说，她嫁过来时田地很多，家里还雇了短工，全家人和楼上太爷们住在一个大院里，可没过几年，田地和财产都被没收了，大家也分成了小家。没分家之前，祖父将挣来的钱交到太爷手里，自己偷偷留了一点。祖父的母亲是个小脚老太太，没收财产时，祖父私自存的那点钱早让老太太埋在地下了。

老太太埋钱的事儿祖母知道，可她不敢问，更不敢偷偷去挖。祖父在牙关沟劳动改造，一年后，其他人都回来了，他却没回来。祖母说，生产队派人来了好几次，说当事人谈到家里还私藏了一点钱财，把钱交给生产队，人就会放出来。后来生产队又派人去找老太太，老太太一口否认，那以后，再也没有人来劝说。再后来，祖父被重新定了罪名，一直到第二年冬天，拉到家里来的是一具僵硬而干枯的尸体。

祖父是生产队派人埋的。只要掩埋住尸体就已经很好了，至于其他说道与讲究，在那个年月是多么的奢侈。祖父死后不久，老太太也去世了。整个家里只有一个男人——祖父的弟弟，他处理完后事就离开了家，再也没有回来。

祖母的家族显赫一时，然而在岁月的磨洗下，终究一寒如此。不过父亲却讨了个便宜，他跟随舅舅在牧区干木工活。农业合作社解散时，父亲已完全出师了，成了小地方不容小觑的木匠。

家境渐渐好转，和父亲的手艺有很大的关系。祖母彻底解脱了，她虽赋闲于家，却做不到彻底心闲，她在田间的活动变成了院里院外的忙乎，喂鸡，喂猪，晒土，忙完一家，又蹒跚着去下一家，太阳落山前还不能消停。祖母也是个小脚太太，我们唯一能做的就是跑到树林里，将桦树皮剥来，送给她。祖母抽空会将桦树皮剥到只剩最后一层，再剪成长条形或方正形，贴在小脚上用布条紧紧包裹住。祖母从来不会告诉我们那样做的好处，于是我偷偷也将桦树皮贴在脚上用布条包缠住，一天之后就觉得脚很潮湿，很难受，却没有了任何脚臭味。

父亲有那么几年在农区修房子，做家具，后来又去了牧区。家里人不会去探问缘由，大家只关心一件事——他能挣来更多的钱。父亲挣来的钱要分成三份，一份给他亲弟弟，一份给正在读书的他的堂弟，一份留给自己家。几年后父亲的弟弟也成家了，有了各自的家和孩子，家与家之间慢慢就拉开了距离。那种距离并不是心灵的疏远，而是某种程度上的责任和羁绊。但都没忘记，家里还有个在外工作的长辈。那时村里读书人少，工作者可以推荐自己读过书的亲戚朋友，或替班，或招工，因而父亲的堂弟初中刚一毕业就去上班了。这对整个家族来说是件好事情，对父亲来说，更是节省了一笔毫无缘由的开支，虽然父亲给他堂弟的并不多。

父亲堂弟的工作给我们带来了惊喜，逢年过节，都能吃到糖果，同时还给父亲和父亲的弟弟拉来煤炭，给祖母带来点心和蛋卷。祖母的眼睛那时已看不见了，她藏在枕头下的点心和蛋卷让我们一点一点偷吃完了。祖母想起时，就在枕头下摸，当摸不到包着的点心和蛋卷时就喊我们，我们从早已空瘪的小布袋里捡点碎渣渣放在她手心，飞一般地逃出屋子。其实我们不怕祖母，而是怕父亲。父亲一旦知道，就会拿皮鞭抽打我们。

记得在一个夏日午后，我们拿瓶底子在太阳下烤蚂蚁，之后又拿瓶底子给祖母，让她当作眼镜看。祖母突然说，她能看得见了。瓶底子让祖母从黑暗的世界一下返回到明亮的现实，她高兴坏了。父亲常年在外，经他多方打听，才知道祖母患了白内障，动了手术就会好过来。第二年春天，父亲攒够了钱，和他弟弟将祖母拉到县城医院，动了手术祖母的眼睛又看得见了。当时在整个村里来说几乎是个奇迹，眼睛瞎了，统统都是白内障？村里也有人攒够了钱，然而有的人的眼睛并没有亮起来。

父亲和他弟弟分家，应该是20世纪80年代中期，那时我已有模糊的记忆。一直到完全懂事，才明白最好的兄弟也是不能长久住在一起的。父亲和他的弟弟在一个院子里生活了近二十年，也算兄弟情深了。尽管如此，父亲依然用了好长一段时间，拉扯着两个家务。父亲常年在外，农活全由他弟弟负责。从这一点上说，他们之间不偏不倚，互不相欠。只是苦了祖母，拖着小脚，在两个家庭间来回出入。

邻村有个老人常来我家旧院子，一来之后，祖母便搬来板凳，或在地上铺一块破旧的毡，坐下来开始说着过去的故事。见陌生人来家里，我们都不愿出门玩了。他们的话题很古旧，我们不懂，可喜欢听，最关键的是偶尔能听到关于祖父的消息。可祖母早已对死去的祖父不大在意了，不过客人来上门，无论如何都要耐着性子听。那样的日子没有维持多久，村里就传出了闲话来。祖母不闻不问，依然拖着小脚出出进进，忙忙碌碌。可父亲的弟媳妇却发火了，那天中午她特意从田地里赶回来骂了几句,同时还不住地抱怨祖母。邻村老人惊恐万分,欲言又止，最后灰溜溜滚出院门。祖母毫不辩解，只是低头流泪。多年后，我依然忘不了那个场景。祖母那年六十多岁，从守寡算起长达三十多年没人对其说三道四，她把所有青春容颜都献给了一群孩子，已是风烛残年，怎么可能顾及所谓的风花雪月？

20 世纪 80 年代末的某个秋天，父亲的叔叔回来了。最艰苦的年月里，没有见他回家，大家还不是好好活了下来？父亲在面子上显得很尊重，但心底对他积怨很深。他叔叔回来主要为一件事——给家里找个好坟地。父亲堂弟的母亲病很重，父亲的两个弟弟忙碌着老人的后事，父亲陪着他的叔叔和阴阳先生，去田间看坟地。

坟地对一个家族来说很重要。父亲遵从了他叔叔的话，毕竟他是读书人。几天时间里，他们走遍了三家人的每片田地。阴阳先生是父亲叔叔的朋友，他学识渊博，德高望重。选好坟地后，父亲的叔叔还特意将一本《三字经》交给父亲，嘱咐将来下葬时要埋在神位处。

两年后，父亲的叔叔彻底告老还乡，他似乎知道自己即将不久于世，总是让父亲陪他说话。我们喜欢凑热闹，也是因为都上初中了，对有些事情还是比较好奇。

再次听到祖父的死，却又是另外一个版本。祖母曾提起过，邻村老人来找她，并不为别的事儿，而是将压在心底的话说给她听，因为邻村老人正是当年生产队里的负责人。说冤枉了祖父，那是不对的，他实实在在偷了集体粮食。其他人劳改一年都放回来了，祖父没有回来，是有原因的。邻村老人并不知道这一点，他所知道的是祖父交代了家里还有点银圆。事实上，祖父的死和私藏银圆关系不大。开始没收地主富农财产，是新中国成立初期的事儿，祖父应该知道，私藏银圆是有罪的，他怎么可能让自己罪加一等？邻村老人来找祖母的时候，说祖父已经得了病，邻村老人依然替祖母惋惜，言外之意是要告诉祖母，去见祖父最后一面。然而我们听到可靠的、关于祖父死亡的原因，不是为了那点钱财。当然也不排除另一种可能，那就是祖父没有承受住拷问，交代了以往的罪责，以求宽恕。

我们知道的家族是两个大院，一处是我家的老院子。还有一处，在距离老院子不远的堡子里。父亲的叔叔说，血是近的，而人已不那么近了。几代人过后，大家只是在祖坟里一同祭祀而已。父亲的叔叔说到这里，也是唏嘘不已。他说，看起来是和睦的一个家族，可上报的材料的确是他写的，所偷粮食从几碗变成了一百多斤，还添加了带头的罪名，多判了几年，人自然就回不来了。如果当年上报的那些材料不退下来，那件事或许就不会有人知道了。他还说，楼上的老人也是他报的材料。父亲不清楚，我们更不知道。但祖母说过，我的祖父死后不久，楼上一位老人就吊死在牛圈里，吊死之前，还莫名其妙被批斗了几天。按理说，那时候我们这一房早已脱了富农的帽子，但还是没有躲开，原因就是他重新写了上报材料。

他是谁呢？他就是父亲的叔叔的远方兄弟，是个有权力的人，准确说，是公社里的干部。父亲的叔叔说到关键处，脸膛发黑，咬牙切齿。父亲的叔叔说他见了材料，材料上联名的第一个人就是他。祖父劳改期间，生产队动员过几次，这一点足以证明，祖父确实交代了关于私藏银圆一事。小脚老太太硬是没上缴，那些银圆最终去了何处？父亲的叔叔却只字不提。一直到他去世，祖母才发现他家有两个铜罐，正是当年小脚老太太装银圆的那两个。

大家知道了祖父死亡的确切原因，但没有告诉楼上的长辈们。父亲说过，自从他们记事，叔叔的那个远房弟弟总是多方接济和关爱，他的美名因此也传遍了方圆几十里。至于写上报材料，专门诬陷自己家族的人，谁也不会相信。我们依然在一起上坟祭祖，并没有把仇恨带到现实中来，在那个特别的年代，衍生出不可思议的邪恶人性也是可以理解的。

20 世纪 90 年代初，父亲的叔叔去世了。恰逢寒冬腊月，冰冻三尺，村里人整整用了两天时间，才挖好墓穴。一切按亡人生前嘱咐，葬礼办得很简单。唯一让大家觉得不合适的是，父亲叔叔的坟头和他媳妇的坟头隔了很大的距离。谁也不曾想到，那段距离在安葬完祖母后，带来了巨大的麻烦。

2000 年 3 月，祖母去世了。我刚上大学，家人没有告诉我祖母去世的消息。母亲给我来电话说家里有事，让我回家一趟。第二天，我回家了。老院子没变，只是里外的门楣和门框上多了几副挽联。

父亲和他的两个兄弟坐在土炕上，脸色凝重，都不说话。老人们常说，有一块好坟地，子孙后代就会兴旺发达。父亲的叔叔是个老学究，对此更是寄托了很大希望。将一切归到坟地上，听起来不可思议，可那样的想法在大家心中亘古不变，做法上亦是精益求精。父亲莫不如此？心底有种种纠结，唯有坟地一事，他是感激他叔叔的。按照他的话说，这么多年来，选坟地是他叔叔给家里办的唯一的正经事儿。

选好坟地的那天晚上，父亲的叔叔和阴阳先生聊到深夜。父亲端茶倒水，同时也记住了阴阳先生和他叔叔的话。阴阳先生说，好的坟地往往是机缘巧合，但埋葬方式也很重要。常见的是“花葬”，是一夫一妻并排葬，注重亲情。有讲究的是“排葬”，男左女右，从大到小依次埋葬，偏重血缘。阴阳先生还说，“排葬”是坟中最有名堂的，要占天时地利人和的条件。父亲的叔叔很满意，既然阴阳先生那么说了，看来天时地利人和的条件应该没啥问题。坟地关乎后辈儿孙，如果条件不具备，他是不会贸然应允的，因为他迷信这一点。

那夜还办了件重要的事情，阴阳先生和父亲的叔叔商定后，就立了字据：

X 氏家门，坟向庚山甲。

以后葬人需男左女右一一葬之，不得乱葬。

后辈子孙自然吉庆矣！

我在家的那几天，父亲和他的兄弟们天天争论埋葬之事。都说人有三魂七魄，死后一年去一魂，七天去一魄，三年魂尽，七满魄尽，所以要过“七期”和三周年。祖母“头七”那天，全家人早早就准备了献果，去坟地焚香祭奠。坟地已有三人安葬，父亲的叔叔和他媳妇各居两边，而祖母的坟头却在中间。

从坟地回到家中，父亲和他的兄弟们由起初的不高兴变成了争吵，就差打起来了。父亲阴沉着脸，说，兄弟间不必拐弯抹角，话说到桌面上，该怎么办就这么办。

父亲的堂弟说，三人都没占到正穴，活时是夫妻，死时应相依，现在成啥样子了？村里人都议论着。

父亲的弟弟也说，埋错人可对后代不利呀。

父亲说，阴阳先生早就看好了的。又说，叔叔是老阴阳先生下的葬，当初中间留了那么大的位置，你们不知道吗？

父亲的堂弟说，先人们都是一对一对埋的，你把我大和我妈分到两旁，而把你妈埋到中间是啥意思？

父亲说，坟地是你大和老阴阳先生选的，葬法也是他们定的，怎么会错？

父亲的堂弟说，坟是大事，不行百日过后迁出来吧？

父亲动怒了，他骂着堂弟，你是鬼迷心窍了？活人不安宁，让死人也不能安稳吗？

父亲的堂弟也动怒了，他争辩着，你把你妈葬在中间，让不知道的人还以为我大有两个媳妇。

父亲毫不客气地反驳，都是你大干的，你去问。

父亲的堂弟气急败坏地说，我大殁了，你还把罪名推到他身上。

父亲从炕上跳了下来，说，我给你问。

父亲回家翻箱倒柜，终于找来了当年他叔叔和老阴阳先生立的字据。

父亲把发黄的字据给了他堂弟，说，你是读书人，自己看。

父亲的堂弟没有看，他说，你不迁也行，我迁。

父亲彻底被激怒了，他拿起桌上的烟缸，朝他堂弟砸了过去……

事情闹得不可开交，村里人由起初遮遮掩掩地议论变成纷纷扬扬地讨论了。父亲像得了一场重病，我们建议，不行就分开吧，百日过后另选坟地？可父亲不答应。

祖母的“三七”由父亲的几个妹妹包揽了。“三七”需要超度，要请阴阳先生。超度亡人，说到底只不过了却子孙们最后的心愿而已。从坟地回来，大家看起来心平气和，而事实上每个人的心中都积满了怨恨。现在请来的阴阳先生是当年老阴阳先生的儿子，虽然有点年轻，但谁也不会因为他的年轻而去质疑他的学识。但在其他人看来，在阴阳先生跟前谈论自家的事情，是不大体面的。可父亲不那么认为，他开诚布公，就是要消除兄弟们积在心底的怨恨。父亲问得很直接，阴阳回答得更直接。他说，走遍了东南西北，这种葬法依然很少见。一般人家也不看这种坟，因为这种坟往往要占据天时地利人和的条件。占有条件的人家，并按这种方法埋葬，后辈一定会飞黄腾达。又说，我父亲生前交代过，你家坟就是“排葬”坟，不会错。如果不按排列顺序去葬,这座坟以后就不能葬人。阴阳虽隔,但求两利，坟地一旦被折腾，后辈肯定不好。

父亲的兄弟们突然安静了下来，似乎失去了继续讨论的勇气和信心。天下黄土何处不能埋人？祖母的一生充满苦难，祖父死后连像样的棺材都不曾有，整个家族明争暗斗，天时地利人和的说法源自何处？然而一切是父亲和他的兄弟们的事，还轮不到我们指指点点。

父亲的堂弟小心地问阴阳先生，那中间距离也太大了吧？村里人都说闲话呢。

阴阳先生笑着说，是有原因的，应该是四人并排安葬，现在只有三个，但位置要留出来，不能乱了明堂。

父亲的堂弟又问，有办法弥补吗？也好堵住闲话的嘴，我们看着也不像那么一回事。

阴阳先生若有所思地说，只有迁坟了。

父亲又急了起来，说，迁坟的事儿就再别想了。又对他堂弟说，你将来不愿到这个坟里埋的话，就提前说好。

阴阳先生问父亲，老坟埋了多少年了？

父亲还没反应过来，他堂弟抢着说，四十多年了吧？

阴阳先生说,那样倒好,不用动土太深,挖点坟头土就好了。又说，迁过来后要“方坟”。

父亲又问阴阳先生，要迁我大的坟？

阴阳先生点了点头，说，时间太久，不能动了。只是取点坟头土，迁过来后，新的“排葬”坟就圆满了。

父亲又问，“方坟”都需要啥？

阴阳先生说，“方坟”需要的东西多，我写下来，你们慢慢找，“方坟”要等三年过后才可以。

父亲和他的兄弟们对此都似乎接受了，而接下来的三年时间显得十分漫长。父亲不听我们的建议，甚至都不愿意让我们提起关于坟的事情。因为在他心中，坟关乎子孙后代。

父亲的兄弟们接受了阴阳先生的建议。在接下来的三年时间里，父亲省吃俭用，我们给他的钱，他舍不得花一分，悄悄藏起来，为的是迁坟的那一天。相对而言，父亲的弟弟更艰难，他几乎穷尽了半生的养老积蓄。他不愿接受我们的资助，也不愿我们去张罗那些事。父亲的堂弟因坟地一事的争吵，好久不回老家，但迁坟也是他所挂念的事情。

祖母的三周年在父亲兄弟们的期盼下，终于到来了。父亲和他的兄弟们再次聚首，和我们围坐在一起，商议迁坟和方坟的事情。事实上，世间麻烦的并不是事情本身，而是人心太过复杂，让简单的事情趋于复杂化了。

父亲的堂弟提前两天就回家了，他专门雇了一辆车，拉来了四块墓碑，还有一块神位石碑和八个四棱状的石柱。碑文已刻好，且两边全是龙凤图形，八个石柱的顶端还雕有螭龙。父亲能认识不多的几个字，他认真看了看碑文，又看了看石柱上的螭龙，显得很不高兴。两天之后，父亲堂弟的表现终于点燃了父亲的怒火，兄弟们又和几年前一样，吵得面红耳赤。

分摊费用只是导火线，实际原因却是那些石碑和石柱。那天，父亲的堂弟拿出极为阔绰的姿态，说石碑和石柱的钱他一个人出。话刚出口，父亲就吼了起来，指着他堂弟说了很多不顺耳的话。

父亲说，都是平头老百姓，弄那么多龙凤能压得住吗？

屋子里静悄悄的，谁都不出声。

父亲又说，亡人承受不住，后人就会受牵连……父亲说起来没完没了。我突然想，给故人立碑只是民间丧葬文化的一部分而已，再说那些石碑也没有镌刻墓志铭，除了名讳和生卒年月（祖母和祖父连生辰都没有），只有立碑人和立碑时间，父亲何必如此紧张？倘若要镌刻墓志铭，那大致也只有三个字——世隶耕！这三个字何尝不能成为千千万万亡故之人的墓志铭？父亲大概因为心有积怨，找借口泄愤罢了。他的堂弟口口声声说一切由他来办，父亲肯定想到了祖父的死，也想到了当年邻村老人说给祖母的话。表面上看，祖父的死是因家人没有拿出那点钱财而肝气郁结，情志消沉。父亲是知道的，真实的情况并不是那样。那份上报材料里提到的一百多斤粮食和多加了几年的劳动改造才是祖父死亡的根源。父亲的执拗在于不愿去相信那份材料，而是联想到那两罐银圆的去处。他的堂弟财大气粗，自然就触痛了父亲的悲伤和内心的纠结。

父亲除了泄愤，接下来所做的事更令人不解。父亲将那些石柱上的螭龙全砍掉了，四块石碑两侧的龙凤也被砍得斑斑点点。父亲是疯了，一把利斧在他手中翻飞，不到两个时辰，斧刃就不见了。父亲累了，他扔掉斧子，突然失声痛哭起来。他的两个弟弟看着丧失心智般的父亲，突然跪了下来，求他不要那样。看着父亲和他的兄弟们如此纠结，我再次想到他们坎坷的半生，也想到人世间诸多荒唐的事情。让我们失去心智的往往和血缘无关，可都是社会中的人，始终无法彻底打破古旧的传统。

接下来轮到我们兄弟操心了。被父亲砍得不像样子的石碑和石柱要重新收拾，尖利的破茬需要一一打磨平整，砍花了的碑面需要细细磨光。这些事情需要提前完成，并拉到坟地。

那天早上，父亲早早就起来了。他们兄弟三人在里屋点了灯，拿着纸和香，铁锨和镢头，去了遥远的埋有祖父的坟地。午饭时间还没有回来，全家人都慌了，都在猜测，会不会又吵起来？正在担心和猜测间，他们回来了。父亲很早前就做好了形如棺材样的一个小木盒，他们将源自祖父坟头的土装到木盒里，放在堂屋正中，不吃不喝，就等阴阳先生到来。

家里整整念了两天经，第三天我们将装有祖父坟头土的小木盒抱到坟地。祖父的墓穴紧挨着祖母，而父亲堂弟父母的坟头在两边，四个坟头一样高，石碑一立起来，“排葬”坟才显现出它应有的顺序来。

“方坟”其实很简单，按照阴阳先生的指示，我们将八个石柱按不同方位立在坟地里，并且用红布围起来，四四方方的坟地好似一座气派的庄园。只是可惜，祖父的墓穴徒有虚名，虽然立了墓碑，但是里面不过一把黄土而已。

父亲和他的弟弟终于闲了下来，他们不再为自己存钱，也不要我们给的钱。自己的养老金领回后，就分给了几个孙子。他们将剩余的时光完全交付给山洼里的太阳，尘世上的事情似乎和他们无关。他们不再充当家庭的顶梁柱，更不会过问家长里短了。

2013 年某一天，父亲的堂弟退休回家。他没有当年的意气风发，更没有财大气粗的表现，变得谦虚谨慎，也有点低落萎靡。尤其在父亲面前，多出了不易察觉的自责，甚至悔悟。一大早，他就过来了，等我们过去时，他已经生好了火，洗好了茶杯。父亲很开心，兄弟三人也不去和村里老人们在山洼里晒太阳。下雨天，他们就坐在炕上说话。晴朗的日子，就去屋后的菜园子里，席地而坐。他们坐在一起，谈论最多的不是过去，而是那个极近而又遥远的世界。看上去有点心神不安，但在我们面前，依旧坦然自若。

七旬过后，父亲的血压也渐而升高。每到寒冬腊月他就得躺平，且身边还少不了一袋氧气。躺平之后，父亲的脾气和他的血压一样，随时随地往上蹿。事实上在立冬前几日，他就显出急躁不安的神情来，指桑骂槐，踢农具摔东西。父亲向来固执,从不去医院。早些年还能听进几句好言相劝,随年岁的增长，对我们的劝说不但不听，反而变得粗粝无比。我们只能忍受他的各种抱怨和毫无理由的谩骂，却始终想不出让他漫步场院或阔步大街的任何办法来。

父亲不待见我们，然而对他的两个兄弟却显得过分亲昵和珍惜。父亲的朋友越来越少了，或许这也是他分外珍惜的主要原因。按他的话说，活一天赚一天。不明白他们赚到了什么？是无情岁月的杀伐，是受病痛折磨的痛苦，还是对另一个世界的恐惧？是的，活着才有希望，才能见到明亮而温暖的阳光，这是对生命的无限敬畏啊。

父亲和他的兄弟以及朋友之间的言谈单一，没有离开病症和死亡。父亲靠在被子上，气喘吁吁，但丝毫没有像对待我们的那种凶狠。他们的言谈之中，有对亡故之人的羡慕，也有对健康体魄的渴盼。总之，他们的交谈中都对死亡充满了恐惧。

很多人都说，死亡并不可怕。但贪生怕死就足以证明，死亡其实很可怕。那种可怕源自人类对新生的渴求，于是道家便有了方生方死，方死方生的教导。方生方死，方死方生何尝不是对生命抵达临界时的宽慰？其实，对父亲和他的兄弟们来说，惧怕的并不是真正意义上的死亡，而是病痛的折磨。

人总是会有欲念的，而欲念总会驱使人的各种不满足。遇到不喜欢的事，就想躲开；遇到喜欢的事，就想持久拥有。正因如此，人心永远不安。尤其碰到情绪低落时，就格外明显。比如病痛，只要疼痛持续，情绪就愈加低落，对生命就感到不满，就用尽办法想去解决。有了这样的欲念，就注定不能摆脱痛苦。于是，父亲和他的兄弟以及朋友们，将化解一切痛苦的希望寄托到村里的赤脚大夫身上去了。他们日夜渴盼着，在没有任何疼痛的情况下，顺利到达想象中的那个世界。他们不信任医院，因为村里的赤脚大夫是他们心中唯一的领路人，也是唯一能帮他们解开生命迷局的智者。

相比而言，母亲的身体好多了。但让我们始料不及的是，母亲突然离开了尘世。己亥年秋天的那个清晨，大野刚刚泛起薄薄的金光，户外凉风始起，母亲没来得及去屋后的园子打理被寒霜侵袭的白菜，就晕倒在炕上，再也没有醒来……

母亲劳碌一生，后来信佛，我们请僧人来念了经，同时也按照村子里经常举行的三献礼祭祀了她。先生的祭文十分高调，却也名不副实。不过作为世俗世界里所谓对勤劳者的赞美和安慰，也无话可说。但我深深地知道，那些虚假的光环，终究无法遮掩住我们内心的伤悲。

母亲的突然离世，对我们来说就是一个梦。真的不愿醒来，因为一旦醒来，我们就没有了母亲。好多次，我无法回神，也常常想，当我从遥远的他乡回来，看不见母亲，房屋就会变得幽暗许多。山岗上，晃动的人影渐次消失。落日下，场院里的豆子像一群孤独的孩子。我也想，这时候，她就会回来。温暖的火苗跳跃着舔舐黑的炉灶，她坐在矮小的板凳上，像一尊菩萨，给我们祈祷平安和吉祥。我不敢说出怀念，或是祈祷的话。风马在蓝天上飘飞，山岗上经幡哗哗作响。我就是不敢说出内心的悲伤，也无力补偿失去的遗憾。深埋大地之下的她，再也不肯告诉我们她的苦衷，再也不肯透露那些关于活着的艰辛与困苦。

父亲在他两个兄弟的陪伴下，倒无大碍，只是显得很失落，完全失去了昔日暴戾的脾性，沉默寡言，形如枯木。

坟地里又多了一个坟头，母亲睡在祖母脚下，四周草木葳蕤，阳光温和。

父亲堂弟的儿子和我叔叔的儿子都上过大学，可他们一直在外打工。就在我母亲去世的那年冬天，他们都考上了公务员。全村人又开始议论着，并将一切归到坟地上来，且说得玄乎而神秘。更奇怪的是，村里人都效仿，请最好的阴阳先生选个风水宝地，“排葬”立祖，“方坟”念经。当然那是别人的事，无论多么荒唐，终究无权去干涉，也顾不上去思考，因为我的心里还压着另一件事——母亲的三周年马上要到了。

给坟墓立碑始于汉代，也仅限于达官贵人、士大夫，或者其他有身份的人，普通百姓是不能立碑的。唐代比较开放和包容，平民也开始立坟碑。母亲是洮河岸边普通的一员，要不要给母亲立碑？我同样有几个兄弟，何况父亲和他的兄弟们都还在。这件事对我们兄弟来说，要比活着更加棘手，且无从逃避。

2023 年 4 月于火柴厂定稿